Éditions Prise de parole
359-27, rue Larch
Sudbury (Ontario)
Canada P3E 1B7
www.prisedeparole.ca

Nous remercions le gouvernement du Canada, le Conseil des arts du Canada, le Conseil des arts de l'Ontario et la Ville du Grand Sudbury de leur appui financier.

Mariage par contumace

Du même auteur

Nouvelles

Sans filet ni parachute, Yaoundé, Ifrikiya, 2015.

La maison sans fin, Paris, L'Harmattan, 2010.

*Trente exemplaires de cet ouvrage
ont été numérotés et signés par l'auteur.*

NOUEMSI NJIKÉ

Mariage par contumace

Roman

Éditions Prise de parole
Sudbury 2024

Œuvre ou Photographie en première de couverture : Richard Neufeld, *Windsor Salt*, mixed-media collage, 2024
Conception de la première de couverture : Olivier Lasser

Accompagnement : denise truax
Révision linguistique : Isabelle Kirouac Massicotte
Infographie : Isabelle Kirouac Massicotte
Correction d'épreuves : Elise Pelletier

Diffusion au Canada : Dimedia

Catalogage avant publication de Bibliothèque et Archives Canada
Titre : Mariage par contumace / Nouemsi Njiké.
Noms : Njiké, Nouemsi, auteur.
Identifiants : Canadiana (livre imprimé) 20240422759 | Canadiana (livre numérique) 20240422783 | ISBN 9782897444587 (couverture souple) | ISBN 9782897444594 (PDF) | ISBN 9782897444600 (EPUB)
Classification : LCC PS8627.J55 M37 2024 | CDD C843/.6—dc23

À Mongo Beti, Ambroise Kom et Alexie Tcheuyap

Certaines des théories parmi les plus délirantes ne sont pas nécessairement les plus improbables. Le problème avec les complotistes et les fous, c'est qu'à force d'agir comme ils le font, ils ont fini par les rendre toutes inenvisageables aux yeux du grand public.

Première partie : À contre-corps

1. Aérien

À un moment quelconque du présent

— Pardon ?

Olivia n'était pas certaine d'avoir bien entendu. Ça avait toutes les allures d'une farce.

— Ce n'est pas la fin du monde Madame, fit celui dont la rhétorique ne pouvait être, aux yeux de la jeune femme, que celle d'un énergumène. Tout devrait rapidement rentrer dans l'ordre. Vous savez comment ces choses fonctionnent. Est-ce que c'est juste ? Non ! Mais quand on est marié, on est marié. Il aurait tout aussi bien pu dire « On est condamné à la perpétuité ». Vous n'aviez déjà pas le score le plus impressionnant, enchaîna-il avec un étonnant air de connivence, que rien ne pouvait justifier compte tenu du type de rhétorique qu'il éructait. Il ne s'agit pas, bien entendu, de vous dénigrer – quel hypocrite il faisait – mais le fait que votre mari ait obtenu un important prêt automobile récemment, c'est cela qui fait qu'on ne vous a pas accordé la marge de crédit. Là encore il aurait pu ajouter quelque chose du genre « Comment expliquer que vous ne sachiez pas cela ? Quelle épouse vous faites ! ». Je crois que d'ici quelques mois, ça ne devrait plus être un problème. Prenez simplement votre mal en patience. Vous pouvez partir maintenant, conclut-il avec une gestuelle en tous points semblable à celle d'un prêtre de la très catholique église romaine, au moment de libérer les âmes qu'il a retenues captives durant d'interminables heures de sermon.

C'était comme si la jeune femme venait de se prendre un coup de matraque sur le crâne.

— De qui vous parlez ?

La très verbale interrogation eut une espèce d'effet on ne peut plus physique sur le conseiller financier, qui se cala confortablement dans son fauteuil comme pour analyser plus attentivement le phénomène qui s'offrait à l'examen de son regard. Il y avait chez lui une moue de semi-consternation, comme font ces gens qui se demandent pourquoi est-ce que c'est toujours sur eux que tombent les hurluberlus. Quelle drogue peut provoquer des dégâts aussi importants ? s'interrogea-t-il à part soi.

Il fallait faire preuve de professionnalisme, et donc de patience, mais également de pédagogie. Le métier voulait qu'il se produise toutes sortes de choses dans le bureau d'un conseiller financier, dont le grand public ne se doute absolument pas. Ça ressemblait parfois à ce qu'on voit dans le cabinet d'un psychologue, et on aurait même pu se croire, certaines fois, chez un psychiatre.

— La banque considère qu'une marge de crédit, en ce moment, ça fait beaucoup trop en si peu de temps.

Il avait parlé en détachant au maximum les syllabes, et en articulant tout autant, comme on fait avec un enfant ou avec un attardé.

— J'ai bien compris ça, répliqua l'autre sur un ton martial qui donnait l'impression qu'elle allait bientôt cracher du feu. Elle n'était pas non plus loin du postillon. Pas besoin de vous adresser à moi comme si j'étais en manque de neurones. Ce que je ne comprends pas, c'est la raison pour laquelle vous me dites ça. Je demande une marge de crédit et on me la refuse. Soit ! Vous pourriez évoquer toutes sortes de raisons, comme dire que je ne suis pas tout à fait solvable, et je sais que vous, les banquiers, vous êtes capables de toutes sortes de malveillances, mais prétendre que c'est parce que mon mari vient de contracter un prêt auto alors que je ne suis pas mariée et que je n'ai même jamais été mariée, je trouve ça un peu culotté !

Cette fois-ci le défi est vraiment colossal, songea le conseiller financier, qui assistait pour la première fois de sa vie à un déni d'une telle ampleur, d'un tel acabit, pour parler comme l'autre. Une forme inouïe de refus de la réalité. On ne lui avait jamais parlé de quoi que ce soit qui aurait pu se rapprocher de ce qu'il était en train de vivre, alors que ses collègues et lui évoquaient sans cesse les excentricités de leurs clients respectifs. Quelle indignité ! Qu'est-ce que les gens ne feraient pas pour un peu d'argent ?

— Je ne pense pas m'être trompé de dossier, s'obligea-t-il à rétorquer avec tout de même une once de doute dans la voix, pour être certain d'avoir donné à son interlocutrice toutes les chances de se comporter de manière rationnelle. Est-ce que vous n'êtes pas Olivia Lavigne ?

— Si, c'est moi, fit-elle sans hésitation aucune.

— Vous êtes née à Dieppe au Nouveau-Brunswick le 19 mars...

— Si ! coupa sèchement l'autre, qui ne souffrait pas d'amnésie. Elle n'avait pas besoin qu'on lui rappelle qui elle était.

— Vous vivez sur Tecumseh Ouest, et votre précédente adresse était à Montréal, et avant cela à Sherbrooke, n'est-ce pas ?

— En effet, fit-elle cette fois-ci avec ce quelque chose d'étrange dans la voix qui laissait penser qu'elle venait de se prendre de plein fouet un wagon de consternation.

— Et comment ça vous me dites que vous n'êtes pas mariée ? Je vois ici que vous êtes mariée depuis un peu plus d'un an. D'ailleurs votre anniversaire...

— Arrêtez, il y a erreur sur la personne ! coupa plus brutalement encore que la première fois la jeune femme. Je ne sais pas si c'est une blague, une caméra cachée ou quelque chose dans le genre, mais je peux vous assurer que ça ne me fait pas rire. Si ça continue je vais demander à parler à votre supérieur.

Il y avait un air de profonde défiance dans le regard de la jeune femme. Le conseiller financier vira au rouge et se demanda, immédiatement après avoir viré au rouge, si ce n'était pas plutôt lui qui faisait l'objet d'une caméra cachée. Il afficha un sourire d'idiot. Ça devait être à ça que ressemblait la torpeur chez lui, torpeur dont il parvint à se sortir aussitôt qu'il y fut entré.

— Un instant, je reviens.

Il décampa.

Olivia n'en revenait pas. C'était quoi cette histoire de mariage ? Elle savait que les banques pouvaient quelquefois être négligentes, mais là c'était trop gros. Après un moment d'hésitation, elle se leva et contourna l'imposant bureau de bois massif marron. Ça vit la vie de luxe grâce à l'argent d'autrui et ça n'est même pas foutu de mettre les choses en ordre, songea la jeune femme, qui était peut-être un peu de mauvaise foi.

Ayant quitté le champ de bataille de manière hâtive, le conseiller financier n'avait pas songé à fermer la page qu'il consultait. Olivia eut à peine le temps d'apercevoir un drôle de nom de famille : Tchakounté. « Ça vient de quelle planète, ça ? ». La porte du bureau s'ouvrit brusquement. L'homme revenait accompagné d'une femme d'une cinquantaine d'années avec les cheveux montés en chignon. Elle portait un tailleur bleu. Elle était une caricature un peu trop réussie de la marâtre, et il y avait sur ses lèvres cet espèce de sourire chirurgical qui fait de tous les employés du service à la clientèle des consanguins. Un sourire qui, bien que factice, s'évapora lorsque la nouvelle venue aperçut Olivia dans une position qui laissait peu de doute sur ce que la jeune femme était en train de faire.

— Madame, vous n'êtes pas censée faire ça, fit-elle en guise de salutation. C'était d'une sévérité qu'elle n'essayait pas de dissimuler.

Prise sur le fait, Olivia ne se laissa pas déstabiliser pour autant. Elle avait de la ressource.

— Pourquoi n'aurais-je pas le droit ? Votre collègue a dit que c'est mon dossier, non ?

— Oui, mais vous, par contre, vous affirmez que ce n'est pas le vôtre.

— Je n'ai jamais dit ça, se défendit la jeune femme. J'ai dit que je ne suis pas mariée et que je n'ai jamais été mariée.

— C'est pareil, rétorqua l'autre de façon pour le moins hautaine. Si vous dites que vous n'êtes pas mariée c'est qu'il ne s'agit pas de vous, et cela même si les autres informations concordent, et dans ce cas, nous ne pouvons pas vous laisser consulter ce dossier.

Le conseiller financier qui avait viré au rouge avant de décamper était planté là, littéralement scotché à la porte tandis que la nouvelle venue avait pris ses quartiers, façon de parler, à proximité de la chaise placée du côté visiteur de la table. Médusé, l'énergumène assistait à la bataille verbale qui opposait les deux femmes, inapte à intervenir tel un citoyen de l'outre-tombe, mais avec le cerveau tout de même suffisamment actif pour pouvoir penser des choses du genre : « Bien fait pour toi ! Tu as trouvé à qui parler ».

Placés tels qu'ils étaient, ils donnaient l'impression qu'Olivia Lavigne recevait dans son bureau une mère et son fils.

— Ah ok, je comprends ! rétorqua Olivia, qui ne comptait visiblement pas se laisser faire. Ça signifie donc que je vais pouvoir obtenir ma marge de crédit, n'est-ce pas ?

— Pardon ? fit la dame au chignon, qui venait de se faire prendre à son propre jeu.

— Si vous dites qu'il ne s'agit pas de moi, alors je peux obtenir ma marge de crédit ?

Silence sur le champ de bataille. Le boulet de canon avait atteint sa cible.

— Je suis désolée Madame, mais ce n'est pas possible, du moins pas pour le moment, parvint à formuler la caricature de la marâtre, cette fois-ci avec un peu de modestie. Avait-elle seulement le choix vu qu'elle venait de se prendre un *uppercut* ?

— Et pourquoi cela, si ce n'est pas de moi qu'il s'agit ?

Elle avait mis en difficulté son interlocutrice, lui avait fait ravaler un peu de sa morgue, deux fois en treize secondes à peine, comme en témoignait l'air d'hébétude qu'elle lui renvoyait. C'est ce moment que choisit l'autre pour revenir d'entre les morts.

— Écoutez Madame, nous sommes ici pour vous servir. Il ne faisait plus le fanfaron, même pas *in petto*. Et croyez-moi, c'est ce que nous comptons faire. Mais vous conviendrez avec moi qu'il y a quelque chose d'anormal dans tout ça. Il nous faut d'abord nous assurer qu'il n'y a pas eu d'erreur, parce qu'il y a forcément une erreur. Nous vous reviendrons ensuite.

Il avait compris qu'il fallait procéder de manière extrêmement prudente avec cette jeune femme entêtée.

— Quand ?

La question avait immédiatement fusé. Elle avait frappé avec la rapidité d'un fouet, si ce n'est celle d'un éclair. Il en fut déstabilisé.

— Quand quoi ?

— Comment ça quand quoi, explosa de manière pour le moins rhétorique Olivia, qui s'indignait sans retenue. Quand est-ce que vous me reviendrez ? J'ai besoin d'une réponse à ma demande le plus rapidement possible.

— Malheureusement, je ne suis pas certain de pouvoir répondre à cette question. Je crois que ça prendra au moins 5 jours ouvrables pour mener une enquête, mais je ne peux pas vous le garantir, parce que c'est notre service informatique qui va s'en occuper, et surtout parce que votre cas sort de l'ordinaire, si ce n'est de votre esprit, fut-il tenté d'ajouter. Il se garda fort heureusement de le dire. Des fois que sa cliente aurait une nouvelle fois dégoupillé.

— C'est toujours la même histoire avec vous autres, fit avec véhémence la jeune femme, qui avait parlé en arrachant brusquement son sac à main de la seconde chaise placée côté visiteur du bureau, pas si loin que ça du bras de la marâtre, qu'elle ne fut d'ailleurs pas loin de marteler. Jamais foutus de faire votre travail convenablement. Quand il s'agit d'encaisser l'argent vous êtes tout doux, pire que des mendiants : experts ès aumône. Pour tout le reste, vous n'êtes que des casse-couilles lorsque vous n'êtes tout simplement pas des incompétents.

Elle quitta la pièce en coup de vent, laissant perplexes ses deux interlocuteurs, la femme au chignon notamment, son collaborateur n'ayant certainement pas eu le temps de lui décrire dans le détail le caractère volcanique de la cliente. Une cliente qu'un avis d'expulsion attendait déjà certainement chez elle. Merde !

2. Fourbe est l'homme qui sourit à pleines dents

Mille et une fois, sans doute même mille et deux fois, Olivia Lavigne s'était imaginée face à l'usurpateur, le broyant littéralement, si ce n'est par la force physique au moins au moyen de ses mots. Elle s'était imaginée se plantant devant lui, plongeant un regard d'une froide incandescence dans les yeux du *causeur* de tort avant de lui cracher à sa figure de criminel toute sa haine.

Des semaines durant elle s'était sentie agressée et impuissante. Dormant laborieusement, elle avait eu du mal à expliquer au personnel de Service Canada la nature même de la chose, tellement elle semblait ubuesque. Composer un numéro de téléphone, subir d'interminables minutes d'attente pour expliquer, pour la énième fois, chaque fois à un nouvel agent, qu'on avait été marié à son insu. Devoir supporter des silences gênés qui avaient des allures de sarcasme, tout cela dans l'espoir que, contrairement à ce qu'elle avait vu dans des documentaires sur le vol d'identité, son problème ne s'éterniserait pas. Pour avoir autant souffert, elle avait donc sans cesse anticipé le moment, s'imaginant triomphante. Seulement, quelques minutes avant de quitter son appartement, sa haine avait tangué, son relevé de prêts et bourses ayant rendu cette histoire d'usurpation d'identité plus étrange encore qu'elle n'était apparue au premier abord.

La chose aurait enchanté n'importe qui, mais peut-être aussi effrayé quelques personnes, même parmi les plus intrépides. Olivia n'était pas du genre à croire en l'existence de forces occultes, mais il fallait bien se rendre à l'évidence, parce que c'était cela ou alors de la science-fiction. Jugez par vous-mêmes : il ne suffisait pas qu'elle ait été épousée dans son dos, ne voilà-t-il pas que ses dettes étudiantes avaient été payées à son insu ?

Lorsqu'elle entra dans la salle d'interrogatoire, c'est sur un jeune homme qu'elle tomba. Il arborait un blouson marron dont la capuche ne permettait de voir qu'une infime partie de son visage. Cela l'ébranla quelque peu. Sans doute parce qu'en la convoquant ce matin de juin, la police ne lui avait rien révélé de l'identité de l'individu qui avait été interpellé, elle s'était imaginée un homme plutôt vieux, bedonnant et un peu grassouillet, la barbe hirsute, du genre qui se tue à petit feu en s'empiffrant, ingurgitant frites et mayonnaise à longueur de journée, considérant pour une raison que rien ne pouvait justifier que ce type d'individu est plus susceptible que d'autres d'agir de la sorte. Au lieu de cela, il s'agissait d'un homme relativement jeune. Il avait certes le bras droit menotté à la table en fer d'un blanc d'aspect frigorifique et avait le regard fixé sur ses pieds comme le fait un enfant puni, mais on pouvait tout de même s'apercevoir qu'il était jeune, probablement dans le milieu ou la fin de la vingtaine.

— Mme Lavigne, il n'est pas dans nos habitudes de confronter les gens ainsi, lança une voix caverneuse dont elle n'avait pas aperçu le propriétaire en pénétrant dans la pièce.

Olivia Lavigne fut tentée de lever les voiles tellement elle avait été prise de court. La voix caverneuse était empreinte d'un je ne sais quoi à peine perceptible, qui faisait penser à l'accent du Sud des États qu'Olivia aurait été bien en peine d'identifier si elle n'avait pas été une si grande amatrice de documentaires naturalistes, dans lesquels les zones sauvages du Sud des États-Unis occupaient une grande place.

La voix en question appartenait à un individu qui était confortablement installé sur une chaise dans un coin de la pièce, à gauche de l'homme menotté. Olivia ne l'avait pas aperçu en entrant dans la salle, trop focalisée sur l'homme qui n'était pas loin d'avoir transformé sa vie en enfer. La salle n'était pas non plus éclairée de manière harmonieuse. Tout semblait avoir été fait pour que les deux puissants faisceaux d'une lumière qui émanait du plafond, aussi éloigné du sol que peuvent l'être ceux des cathédrales, fondent directement sur l'individu qui était menotté. La salle n'était pas particulièrement grande, mais elle était d'une étonnante raideur, sans aucune décoration, identique à peu de choses près à ce que l'on voit dans les films. Ce lieu très peu accueillant arracha un frisson à Olivia.

— Mais puisque vous avez insisté pour être présente, nous avons fait une petite entorse au règlement, poursuivit-il. Je me présente, je suis l'inspecteur Richard. C'est à moi que l'affaire a été confiée, fit-il en tendant la main à la jeune femme.

Il avait le visage extrêmement agréable, souriant à pleines dents, ce qui contrastait avec sa voix de bourreau. C'était un homme grand, dans le mètre quatre-vingt ou un peu plus. Il devait être dans la soixantaine, avait la barbe grisonnante, la boule à zéro et un pistolet automatique enfoncé dans un étui fixé à sa hanche droite. C'était assez impressionnant.

Il doit être du genre à faire plier des suspects du fait de sa seule présence, pensa Olivia, qui n'était tout à coup plus certaine de savoir pour quelle raison elle avait absolument tenu à être présente.

— Je dois dire que ça n'a pas été facile de démêler tout ça, mais bon nous y sommes parvenus, reprit l'autre qui se vantait et le dissimulait mal. Tout ce qu'il nous reste, c'est que vous nous confirmiez que vous ne connaissez pas cet individu. Le reste on s'en charge.

— Comment ça vous vous en chargez ?

Olivia n'était pas certaine d'avoir voulu poser cette question, que rien ne justifiait d'ailleurs, puisqu'elle était là pour clore une page extrêmement déplaisante de sa vie. Que lui importait-il de savoir ce que signifiait exactement ce qu'avait dit l'homme à la boule à zéro ?

— Ne vous occupez pas de ça, répondit calmement l'inspecteur, qui affichait toujours le même sourire et qui était, cette fois-ci, empreint d'une tendresse pas loin d'être paternelle. Faites votre part du travail. Vous corroborez les faits et ensuite on va préparer toute la documentation. D'ici une semaine tout au plus, il ne sera plus au pays.

Cette dernière phrase avait été dite avec dans la voix un soupçon de désinvolture, mais aussi de détermination, et peut-être également de délectation. Cela déclencha quelque chose de sourd chez la jeune femme. Quoi exactement ? Elle n'aurait pas su le dire. Toujours est-il qu'elle interrogea une fois de plus l'inspecteur, se fendant d'une question qui, une fois encore, n'allait pas dans le sens de ses intentions, du moins pas ses intentions du départ.

— Au fait, comment vous avez su tout ça ? Je ne vous ai jamais contacté, moi. Je n'ai jamais porté plainte.

À ce moment, le jeune homme, qui n'avait jusque-là pas esquissé le moindre geste, releva légèrement la tête, sous le coup de l'étonnement. Le mouvement avait été extrêmement discret, mais il avait été suffisant pour qu'Olivia, qui ne faisait pas tout à fait face à son interlocuteur, aperçoive furtivement le regard en partie bouffi du jeune homme. Il était transi de peur. Il avait peut-être même pleuré.

— Je ne suis pas certain que ce soit le moment de poser ce genre de question, Madame ! Quelque chose comme de l'agacement pointait dans la voix de l'inspecteur, dont le sourire s'estompa. Il était en train de se changer en machine exterminatrice. En fait, vous n'êtes pas ici pour poser ce genre de questions, mais pour corroborer ce qu'on sait déjà. Ensuite, on va se débarrasser de cette crapule.

Olivia n'aimait pas ce qu'elle entendait, mais le policier, qui n'avait pas l'air de s'en soucier, poursuivit, au grand étonnement de son interlocutrice.

— Il va dégager d'une manière ou d'une autre. Ce ne sera pas grand-chose, mais ça en fera déjà un de moins.

Cette rhétorique pour le moins vindicative était choquante, surtout venant d'un homme qui souriait encore à pleines dents quelques secondes seulement auparavant. Elle poussa la jeune femme à agir de manière tout à fait irrationnelle et pour le moins inconsidérée.

— Je vous ai demandé comment vous avez été au courant de tout ça et vous ne répondez rien. Moi je n'ai pas porté plainte !

Le policier entrouvrit la bouche en forme de o, comme pour dire quelque chose, mais fut incapable du moindre mot, de la moindre lettre en plus. La jeune femme enchaîna, se souciant visiblement peu de l'effet que son attitude avait sur ce dernier. Elle était comme ça Olivia, toujours prompte à pousser le bouchon.

— Je ne vous ai pas dit que ce n'était pas mon mari. Elle marqua une pause, considérant peut-être la portée de ce qu'elle venait de dire, et aussi de ce qu'elle allait ensuite lâcher. Nous avons eu une dispute, ça arrive dans tous les couples, mais ça fait des jours qu'il avait disparu de la maison et ça, ça n'arrive pas dans tous les couples. Je le cherchais donc, voilà tout !

Le jeune homme leva cette fois-ci tout à fait la tête pour regarder, véritablement pour la première fois, la personne qu'il avait en face de lui. Il avait le regard de celui qui vient de se rendre compte que la terre n'est peut-être pas aussi plate qu'elle y paraît. À son tour, il ouvrit la bouche comme pour articuler quelque chose, mais rien ne remonta de sa trachée. Alphabet enrayé : il ne brassa que de l'air. Qui était cette personne ? Ce qu'il avait fait pour se retrouver dans cette situation sortait déjà en soi de l'ordinaire, mais avoir devant soi une porte de sortie aussi improbable relevait tout simplement du scénario de film. Ça ne pouvait qu'avoir été inventé.

— Attention Madame, gronda le policier qui venait de retrouver du verbe et dont le ton était passé de l'agacement aux menaces, tandis qu'il quittait totalement la demi-pénombre dans laquelle il était encore resté quelque peu plongé pour s'avancer légèrement vers Olivia.

— Faites très attention à ce que vous dites. Au mieux vous n'avez fait que gaspiller les ressources du contribuable en appelant avec autant d'insistance Service Canada, et cela va vous coûter quelque chose, au pire vous mentez et cela pourrait vous coûter plus cher encore.

En entendant cela, Olivia se flagella intérieurement, songeant qu'elle venait de commettre une bévue monumentale. Elle en avait souvent commis dans le passé mais celle-ci serait peut-être celle de trop. L'attitude du policier était clairement questionnable, haïssable même, mais en quoi cela la concernait-il ? Elle n'était qu'une victime qui avait pénétré dans la salle d'interrogatoire avec la ferme intention qu'on lui rende justice ou, plus exactement, de se la rendre elle-même. Elle aurait dû s'en tenir à cela. Malheureusement, peu de temps après être entrée dans la pièce, et en quelques mots à peine, elle avait franchi une ligne, et il lui apparaissait désormais impossible de rétropédaler sans conséquences, même si avancer l'engagerait sur une piste plus périlleuse encore, dans une espèce de tunnel d'incertitude. Elle n'était pas mariée, c'était un fait ! Mais elle venait de certifier le contraire à un policier à l'hostilité certaine. C'était absurde. Le visage envahi par l'émotion, elle décida de s'enfoncer plus encore dans la gadoue. Pouvait-elle seulement faire autrement ?

— Comme je viens de vous le dire, je le cherchais depuis quelques jours. Merci de l'avoir retrouvé. Et toi – tonna-t-elle en faisant soudainement face à l'autre, qui devait peut-être se demander s'il n'était pas en train d'assister à une représentation théâtrale d'un goût douteux, alors que c'était tout bonnement sa vie qui était en train de se jouer dans cette bataille improvisée, mais ô combien intense – toujours à courir les putes et à gaspiller de l'argent dans des paris stupides, n'est-ce pas ?

Olivia ne savait pas elle-même où elle s'en allait avec

ça, ignorant tout de l'homme qu'elle avait en face d'elle. Elle ne connaissait de lui que cet espèce de nom étrange, Tchakounté, si c'est bien ce qu'elle avait aperçu à la banque.

— Je suis désolé, lâcha douloureusement le jeune homme, dont la tête retomba en signe de contrition.

Elle ne le connaissait pas, ne l'avait vu pour la première fois que quelques instants plus tôt, mais il y avait dans son propos d'écrasants remords dont Olivia était certaine qu'ils étaient non feints. Une sincérité qui s'adressait à Olivia, elle en était convaincue, non pas pour l'histoire qu'elle venait de broder de A à Z, mais pour l'ensemble de l'œuvre. Elle déglutit mais parvint à garder sa contenance.

— J'en ai marre de ces excuses foireuses qui se répètent depuis des mois, continua-t-elle avec une colère authentique. On s'en va, mais je te préviens, c'est la dernière fois. Je ne vais pas passer ma vie à te courir après. Vous le détachez s'il vous plaît ?

Le policier, à qui Olivia s'était adressée, n'était pas certain de comprendre ce qui venait de se passer.

— Madame, je vous ai pré... tenta-t-il.

— On arrête là ! Je vous ai demandé de le libérer, vociféra Olivia, comme pour essayer de se convaincre elle-même de ce qu'elle racontait. Si vous refusez, j'appelle un avocat et puis j'ameute la presse en leur disant que dans ce commissariat, on considère que des gens sont des criminels simplement parce qu'ils sont originaires d'Afrique.

D'où sortait cette histoire d'Afrique ? Était-il originaire d'Afrique ? Tous les Noirs sont-ils originaires d'Afrique ? Faut-il être noir pour être originaire d'Afrique ? Toutes ces questions se bousculèrent dans sa tête à la seconde même où elle acheva son laïus. Elle se livrait à un jeu périlleux. L'autre n'en croyait pas ses oreilles, il avait l'impression de rêver.

L'histoire vous expose à tant de choses, c'est certain, mais contrairement à ce que les gens pensent, c'est plus encore le cas de la géographie. En dépit de son jeune âge, il avait assisté à des scènes extraordinaires. Il y avait dans son Cameroun natal des comportements, des moments de vie, essentiellement improvisés, d'un calibre hautement théâtral, si invraisemblables et trop culturellement éloignés des réalités du Canada, qu'il aurait été impossible de convaincre qui que ce soit que cela se passait ainsi dans la réalité. Il avait fallu toute la force et le talent de la plume d'un Mongo Beti, un romancier loin d'être quelconque, pour réussir à les coucher dans un roman tellement ces scènes dépassaient la fiction. Elles étaient à ce point aériennes qu'elles n'étaient peut-être comparables qu'à ce qu'un Chester Himes donnait à lire de son très américain Harlem. Tchakounté, si c'était bien son nom, n'était donc pas né de la dernière pluie. Voilà pourtant qu'il était pris de court ; la vie se transformait en film, le plus déconcertant de tous, dans ce pays d'ordinaire si reposant ; et il en était en plus l'un des principaux protagonistes.

Le policier s'exécuta, mais de mauvaise foi, de très mauvaise foi même. Ce teint orangé qu'avait soudainement pris son visage, et qui n'avait jamais auparavant été observé que chez un politicien américain extrêmement belliqueux, spécimen unique, montrait qu'il était violemment contrarié, peut-être même blessé. Il était si courroucé qu'il ouvrit la menotte qui retenait le poignet du jeune homme en ponctuant son geste de ce qui était clairement une menace.

— Ne pensez pas que vous allez vous en tirer aussi facilement.

3. Les têtes brûlées

Ce qui devait être l'équivalent d'un tonneau de sueur froide se déversa sur le dos d'Olivia. Le type est impressionnant, il faut vraiment être stupide pour se le mettre à dos, songea la jeune femme. Comme d'habitude, elle s'était emportée, était trop rapidement montée sur ses grands chevaux et s'était foutue dans la mouise.

— Tu te lèves ou pas ? fit-elle. Il fallait aller au bout du bluff, mais l'autre restait là à la dévisager. En moins de temps qu'il ne faut pour le dire, elle effectua les trois pas qui la séparaient de lui, l'empoigna, l'obligeant à se tenir debout comme on le ferait avec un enfant pris sur le fait, et le traîna manu militari vers l'extérieur.

Toujours assommé par ce qui était en train de se passer, le jeune homme se laissa guider par Olivia Lavigne. Au moment où ils franchissaient la porte de la salle d'interrogatoire, Olivia senti un regard meurtrier heurter son dos. Dans la panique, la confusion et la précipitation, elle oublia de lâcher le bras du jeune homme et tourna directement à gauche après être sortie de la salle.

La terreur a le don de déboussoler. Olivia se perdit à deux reprises à l'intérieur du poste de police dont la superficie n'était tout de même pas équivalente à celle d'un stade de foot, et lorsqu'enfin elle pensa avoir trouvé la sortie, ce fut pour se retrouver au bout d'un long couloir gris dont les murs étaient parsemés de portes bleu pâle qui devaient permettre d'accéder à des bureaux, puisque des noms de personnes y étaient marqués. Elle fit volte-face, tenant toujours par le bras l'époux qu'elle venait d'accepter bien malgré elle. Étonnamment, leur manège n'attira pas l'attention du personnel, qui allait dans tous les sens. Escorter sans ménagement des suspects doit être chose commune à l'intérieur d'un poste de police. Olivia fut certaine d'être revenue sur ses pas lorsqu'elle reconnut la porte de la salle dont elle était sortie quelques instants plus tôt. Elle parvint alors à se diriger vers le hall d'entrée.

L'inspecteur Richard était plongé dans une conversation d'un très grand sérieux avec un des agents en tenue en poste à la réception. Sans le réaliser, les deux jeunes gens prirent, quasiment à l'unisson, une grande inspiration avant de passer en vitesse derrière le policier. La conversation des deux hommes n'était presque pas audible. Néanmoins, Olivia intercepta en plein vol quelques bribes qui, ne pouvant que la concerner, donnaient froid dans le dos, parce que transpirant une détermination que l'on pouvait difficilement expliquer.

— Je vais leur coller au train et je te jure que je vais leur mettre la main dessus à ces deux petites merdes.

Olivia Lavigne n'était pas tout à fait le genre de personne qu'on aurait pu considérer comme la citoyenne lambda. Elle n'était pas issue d'une famille de la classe moyenne. Sa mère était une pointure de la médecine, une des plus fines lames du Québec en matière de chirurgie du cerveau. À la tête d'une agence immobilière prospère, son père n'opérait que dans le milieu des propriétés haut de gamme. Adoptée peu de temps après la naissance à l'hôpital Georges-Dumont de Moncton, à une époque où ses parents, jeune couple, vivaient au Nouveau-Brunswick, la jeune femme de vingt et quatre ans était enfant unique. Cela lui avait valu, selon elle, trop d'attentes de la part de ses parents, des attentes qu'elle s'était forcée à combler jusqu'au moment où elle était entrée à l'université.

À 17 ans, elle avait tout d'abord décroché une admission au très prestigieux baccalauréat en physique de l'Université McGill. L'objectif fixé par ses parents, qui n'attendaient pas moins d'elle qu'un doctorat, était qu'elle se spécialise en astrophysique pour se lancer dans une radieuse carrière, possiblement internationale. C'est lorsque le printemps érable commença que tout dérailla. Elle avait quitté le domicile familial pour une résidence universitaire du centre-ville de Montréal depuis six mois à peine, lorsqu'elle se découvrit une âme de contestataire.

Elle abandonna alors les objectifs familiaux, et décida, sur ce qu'elle allait plus tard considérer comme un coup de tête, de s'inscrire au baccalauréat en études littéraires de l'Université de Windsor. Pourquoi Windsor ? Elle n'était pas elle-même certaine de le savoir. Aux personnes qui lui posaient la question, elle servait le discours qu'elle avait forgé au fil du temps et qui voulait qu'elle s'y était installée parce que le lieu avait un triple avantage : il était urbain et doublement anglophone – à la fois ontarien et adossé sur les États-Unis – ce qui, disait-elle sans ciller, était un pied de nez à ce Québec qui avait choisi de se renier, qui avait, et c'était regrettable, tué ce qui faisait sa spécificité en prenant le risque d'être nord-américain à la manière des autres alors qu'il s'était, jusque-là, toujours démarqué. Il avait foulé aux pieds ses propres idéaux en tentant, comme les autres juridictions, de mercantiliser à outrance l'université, la connaissance, les savoirs. C'était une façon de faire, une vision du monde, disait-elle, à laquelle le printemps érable avait voulu s'opposer. Quitte à évoluer au sein d'une institution qui mercantilisait le savoir, autant aller ailleurs, loin de chez soi, s'éviter le traumatisme qu'il y a à être témoin de l'effondrement des valeurs collectives que l'on sait siennes, s'installer dans un endroit qui, en matière de mercantilisme, ne faisait pas dans la demi-mesure, ou du moins n'essayait pas de le dissimuler. Ce verbe acerbe était-il exagéré ? Pas sûr qu'elle s'en souciait. Ce n'était cependant pas l'entière vérité. Il y avait aussi qu'au sortir du printemps érable, elle avait entrepris ce qui aurait dû être un voyage de plusieurs semaines à travers le continent nord-américain. Pourtant, peu de temps après, à peine était-elle arrivée à la frontière américaine que ses ambitions avaient commencé à lui apparaître futiles. Elle avait donc posé ses valises. Pour ce qui est des études littéraires, ses motivations étaient bien plus claires. Il s'agissait de sa science humaine préférée, les sciences humaines et sociales étant, pour nombre de jeunes contestataires ayant participé aux manifestations, l'une des avenues à emprunter pour réenchanter l'idée du vivre ensemble. Bref, devait-elle penser plus tard, le type de délire qui fait croire à chaque génération de jeunes qu'elle est plus exceptionnelle que les précédentes, qu'elle est la génération élue, celle qui a été choisie pour réinventer le monde, quelque chose comme une espèce de génération spontanée.

Quelques années après la fin de son baccalauréat, l'idée de réenchanter le vivre ensemble était désormais chose du passé. Olivia Lavigne travaillait à temps partiel dans une librairie indépendante de Windsor, faisait de temps à autre des piges pour *Le Témoin*, un journal sans grande visibilité, dernier vestige d'une présence francophone locale qu'elle considérait elle-même comme révolue. Elle peinait à payer son loyer et donc à joindre les deux bouts, mais s'obstinait à refuser l'aide de ses parents avec qui les relations étaient extrêmement tendues depuis qu'elle avait unilatéralement décidé de quitter McGill, avec perte et fracas encore.

Elle essayait d'obtenir une marge de crédit pour payer, au moins en partie, ses arriérés de loyer, lorsqu'elle avait découvert qu'elle n'y était ponctuellement pas admissible, du fait des agissements de son mari, un mari qu'elle ne connaissait ni d'Ève ni d'Adam, puisqu'elle avait été mariée à son insu, on aurait pu dire par contumace, à cet individu à qui elle en voulait à mort, et qu'elle était étonnamment en train de sauver d'un péril dont elle ignorait l'étendue en se mettant sans doute elle-même en danger.

Lorsqu'ils sortirent du poste de police, Olivia traîna le mari qu'elle s'était imposée à elle-même vers la vieille Hyundai Elantra 2006 qui était stationnée sur la rue Goyeau. Elle s'était garée en face de l'édifice, de l'autre côté de la rue, de manière à avoir Détroit dans le dos. Elle était certaine de n'avoir pas fait plus d'une dizaine de minutes à l'intérieur de l'édifice, mais cela avait été suffisant pour récolter une amende qu'elle arracha avec énervement du pare-brise. Elle ouvrit ensuite, et sans ménagement, la portière avant côté passager qui faisait face au trottoir et contourna le véhicule pour s'installer au volant sans prononcer le moindre mot. Le message n'étant pas difficile à percuter, le jeune homme s'introduisit dans le véhicule, dont il referma si délicatement la portière qu'on aurait pu penser qu'elle allait s'effriter. À aucun moment Olivia ne se demanda si le causeur de tort était lui-même venu en voiture. Elle avait l'esprit trop en feu pour y songer.

Après avoir farfouillé quelques secondes dans un sac à main jaune un peu vieilli, elle dénicha la clé et démarra en trombe. Elle allait en direction du sud, zigzaguant entre les rues pour rejoindre Wyandotte Est à la hauteur de Ouellette. Elle continuerait ainsi jusqu'à Tecumseh, où elle bifurquerait ensuite à droite jusqu'à l'intersection de Tecumseh et York, où elle vivait. C'est après s'être quelque peu calmée, et alors que le poste de police n'était plus dans son rétroviseur, qu'elle rompit le silence.

— Où est-ce que tu vis ?

— Pardon ? ne put s'empêcher de demander l'autre, que la question prenait de court.

— Tu ne sais pas où tu vis? s'étonna Olivia. Son air farouche était perceptible, même de biais.

— Je suis dans le centre-ville, sur Wyandotte Ouest.

— C'est la meilleure ça. Tu ne me prendrais pas, des fois, pour un Uber ou quelque chose dans le genre ?

Son interlocuteur fut tenté d'une part de l'accuser d'être de mauvaise foi, et de lui rétorquer d'autre part que personne ne lui avait demandé son avis à lui avant le début de cette virée en auto, mais il était clair, et c'était peu dire, que la jeune femme n'apprécierait pas. Déjà qu'elle lui avait sauvé la vie, un comportement qu'il peinait à comprendre.

— Nous sommes allés trop au sud. Il faut repartir dans l'autre sens. Tu peux m'indiquer la route ?

Prononcée comme une question, cette phrase avait pourtant tout d'une injonction.

Mis à part les indications, plus rien ne fut dit jusqu'au moment où l'interlocuteur d'Olivia lui demanda de s'arrêter à l'intersection de Wyandotte Ouest et de l'avenue Crawford, dans le stationnement d'un immeuble relativement neuf. Le centre-ville de Windsor n'étant pas particulièrement grand, Olivia était passée des dizaines de fois devant l'immeuble en question. Il ne devait pas dater de plus de trois ans.

— Ok, maintenant tu vas bien m'écouter, lança la jeune femme une fois dans le stationnement de l'immeuble, et en regardant pour la première fois son faux mari dans les yeux. Je ne sais pas pourquoi je me suis mise dans cette merde, je ne sais pas comment tu t'appelles...

— Oyono Tchakounté, se fendit le jeune homme avec une rapidité qui donnait l'impression qu'il s'attendait à cette question qui n'en était pas une, ce qui ne fut pas loin de désarçonner Olivia.

— Je m'en fous de savoir comment tu t'appelles. Tout ce que je sais, c'est que je pourrais avoir de sérieux problèmes à cause de toi alors que tu m'as pourri la vie...

— Je te demande pardon, interrompit encore très rapidement celui qui avait dit s'appeler Oyono Tchakounté. Il avait le même air de contrition sincère qu'au poste de police.

— Est-ce que tu veux bien me laisser terminer? répondit sèchement la jeune femme. Je disais donc, fit-elle avec les manières d'une enseignante qui réprimande un élève turbulent, que je ne te connais pas, je ne veux rien avoir à faire avec toi. J'aime pas les criminels. Ce sont des personnes extrêmement nuisibles. Tu devrais être en prison, vous devriez tous être en prison. À ce moment précis, elle marqua un temps d'arrêt. Elle réalisait l'absurdité de ce qu'elle venait de dire, puisque c'est elle-même qui lui avait évité la prison. Il faut que tu arranges ce que tu as fait. Je ne sais pas comment tu l'as fait, mais je veux que tu le défasses. Maintenant, tu peux descendre. On se quitte ici.

Elle avait parlé d'une traite, avec un aplomb qui n'autorisait aucune opposition. Oyono s'y risqua pourtant.

— Je veux te remercier pour ce que tu as fait, même si je ne sais pas pourquoi tu l'as fait puisque je ne mérite pas que tu m'aides.

Olivia ne broncha pas. Plongeant toujours un regard meurtrier dans celui d'Oyono Tchakounté, qui essayait tant bien que mal de résister aux éclairs qui lui étaient lancés par milliers.

— Je suis vraiment désolé d'avoir à te dire ça, mais je ne sais pas comment faire. Je pense qu'il va falloir passer chez un juge.

— Quoi ? Elle n'était pas certaine d'avoir bien entendu. Parce que c'est vrai ton affaire ?

— Malheureusement oui, fit Oyono après une courte hésitation. Il allait bientôt se faire avaler par la carrosserie tellement il essayait de se faire petit.

— Et comment on fait ça ? demanda Olivia, qui avait au préalable pris une bonne bouffée d'air, comme pour ne pas exploser.

— Je ne...

La phrase entamée resta en suspens, interrompue par

le déplacement d'un VUS Ford noir qui venait discrètement d'entrer dans le stationnement, à une dizaine de mètres derrière la Hyundai Elantra. Il aurait pu s'agir de n'importe quel VUS noir, mais Oyono connaissait assez bien le type de véhicules qui visitait d'ordinaire les lieux, et celui-là n'en faisait pas partie. Olivia ne comprit pas, tout d'abord, de quoi il s'agissait, mais Oyono ajusta le rétroviseur central et elle réalisa qu'il se passait quelque chose. Elle allait parler, lorsqu'il lui fit un long « chutttt » du doigt et détourna le rétroviseur dans sa direction, ce qui lui permit d'apercevoir le véhicule noir avec au volant, l'inspecteur Richard.

— Bon Dieu ! lâcha-t-elle. Je trouve que ce type prend un peu trop son boulot au sérieux. Je commence à avoir vraiment peur.

— Est-ce que ça te dérange de monter ? demanda Oyono, qui ajouta immédiatement, pour que la jeune femme ne se méprenne pas sur ses intentions, au point où nous en sommes, je crois qu'il faut au moins donner le change, lui faire croire que tu n'es pas étrangère ici, peut-être que ça nous offrira un peu de répit.

Cette manière de parler est bizarre, songea Olivia. S'exprimer comme un livre de français.

Les deux jeunes gens émergèrent du véhicule en se comportant comme s'ils n'avaient pas aperçu le VUS noir, et Olivia se mit à la suite d'Oyono. L'immeuble était haut de quatre niveaux avec une trentaine d'appartements. Celui d'Oyono était au dernier étage. L'ascenseur et les couloirs dégageaient une agréable odeur de fraîcheur. L'appartement d'Oyono était organisé comme son verbe, de manière extrêmement soignée, même s'il était très sobrement décoré. Il y avait dans le salon une grande dominance de gris, de blanc et de noir. C'est clairement un appartement d'homme, se dit-elle. L'espace était plutôt grand, puisqu'il y avait à la fois une salle à manger et un sectionnaire blanc sans que tout cela ne fasse trop encombré. Il y avait accroché sur un pan de mur deux statuettes. De l'art africain, songea Olivia, même si elle n'y connaissait pas grand-chose. Un assez grand téléviseur à écran plat était fixé au mur. En dessous du téléviseur, une espèce de petit guéridon noir marbré sur lequel reposait une photo encadrée. Elle représentait une femme qui, compte tenu de son âge et d'un vague air familial, devait être la mère d'Oyono. C'était la seule photo dans ce spacieux salon.

— Est-ce que je t'offre quelque chose à boire ?

Cette question arracha Olivia à son analyse scrupuleuse des lieux. Elle avait presque oublié la raison pour laquelle elle était dans cet appartement, trop absorbée qu'elle était par son inspection, des fois qu'elle se serait trouvée dans l'antre d'un tueur en série. On voit de ces choses à la télévision.

— Je ne suis pas venue ici pour boire comme si nous étions des amis, répondit sèchement la jeune femme, qui regretta un peu ce qu'elle venait de dire lorsqu'elle se rendit compte de l'effet d'assommoir que cela eut sur Oyono. Écoute, essaya-t-elle de tempérer, je ne te connais pas. Tu es peut-être quelqu'un de bien, mais tu m'as mise dans une situation terrible. Je ne savais même pas que ce genre de choses était possible.

— Moi non plus.

— Pardon ?

— Je n'avais pas prévu de faire ça. Je me demande encore comment ça a été possible. Je te dois des explications, si tu veux bien t'asseoir.

Olivia prit place sur un pan de canapé. Oyono tira une des chaises de la salle à manger et s'assit de manière à ne pas être directement dans la ligne de mire de la jeune femme, au cas où celle-ci déciderait d'en finir avec lui, une attitude qu'il n'aurait pas condamnée, vu les circonstances.

Il raconta alors qu'il était arrivé au Canada trois ans plus tôt. Il travaillait depuis quelques années seulement au Cameroun, son pays d'origine, lorsqu'il avait obtenu une bourse pour faire une maîtrise à l'Université de Windsor. Une fois sur place, il s'était montré quelque peu critique – il avait vitupéré, précisa-t-il, pour être plus exact – le gouvernement camerounais sur les réseaux sociaux. Il avait dit « gouvernement » avec un mépris qui confinait à de la morgue, comme si on n'aurait pas dû parler de « gouvernement » pour qualifier l'institution dont il parlait. Cette attitude étonna un peu Olivia, puisque son interlocuteur n'avait pas fait preuve de la moindre once d'impétuosité depuis leur rencontre qui, il est vrai, ne datait pas de si longtemps que ça. Ce « gouvernement », expliqua-t-il, menait une campagne militaire violente contre la minorité anglophone du pays. Il embraya sur un rapide cours d'histoire qui était, de son point de vue, essentiel pour comprendre ce qui se jouait. Durant la première partie du vingtième siècle, le pays s'était retrouvé pendant plusieurs décennies sous la double tutelle française et anglaise – ces deux pays agissant de fait comme si le Cameroun était une de leurs colonies. Il y avait eu, dans son utilisation du terme « tutelle », quelque chose comme du dédain semblable à la morgue qu'il avait exprimée en parlant du « gouvernement ». La plus importante partie du pays avait été sous domination française, précisa-t-il. La conséquence de cette situation fut que le pays avait célébré son indépendance avec un territoire grandement façonné par la frontière linguistique créée par les deux langues occidentales.

Les populations qui vivaient dans la partie anglophone avaient, à tort ou à raison, la réputation d'être plus intègres, plus rebelles et plus attachées au respect de leurs droits que celles des régions francophones, sur qui, disait-on, la France avait un peu trop déteint. Le régime qui administrait le pays, et qui avait trouvé le moyen de se succéder à lui-même au fil des décennies, supportait mal les récalcitrances des populations anglophones, qui avaient en plus le défaut de revendiquer une spécificité identitaire qu'on leur niait à coups d'arguments extrémistes et farfelus. C'est un peu ainsi qu'avait commencé un affrontement armé qui coûtait chaque jour la vie à des dizaines d'anglophones.

Parce que relativement intense, l'activité d'Oyono

sur les réseaux sociaux avait attiré l'attention du « gouvernement » camerounais, ou d'au moins quelques-uns de ses aficionados. Il avait reçu de vagues menaces en ligne, et des bruits couraient selon lesquels il était attendu de pied ferme à son retour au pays. Tout ceci avait poussé sa mère à lui interdire formellement de rentrer au Cameroun. Il ne devait, en tout cas, pas le faire dans l'immédiat. Attendre que la poussière retombe. Chose qui était difficile à faire puisqu'il n'était au Canada que dans le cadre d'une bourse. Il avait néanmoins introduit une demande d'extension de son visa au motif que sa vie serait menacée s'il rentrait au Cameroun. Il avait, en d'autres termes, déposé une demande d'asile. Sauf que son titre de séjour d'étudiant allait expirer avant que son cas ne soit examiné. Peu avant la fin de sa maîtrise, le hasard lui avait fait obtenir un stage à l'hôtel de ville de Windsor.

— Ce que bon nombre de gens ignorent, poursuivit-il, c'est qu'on continue encore à compiler les certificats de naissance et de mariage dans certains hôtels de ville. C'est le cas ici à Windsor. Le gouvernement les enregistre, mais la ville a également des copies. Le personnel de chacun des deux ordres de gouvernement peut donc les avoir à disposition et y apporter des modifications aussi bien en passant par l'hôtel de ville que par la province.

Il continuait à parler comme un livre.

Oyono expliqua à Olivia qu'il avait eu accès au registre des mariages pendant son stage. Il avait longuement cogité, s'était mille fois torturé l'esprit, mais avait fini par faire la seule chose qui pouvait, dans l'immédiat, empêcher son retour dans son pays : se marier.

En voyant l'air de consternation et de grande réprobation de la jeune femme, il rectifia.

— Bien entendu, on ne saurait parler de mariage en bonne et due forme puisque j'ai fait cela à ton insu, même s'il est vrai que j'étais au comble du désespoir. Je craignais que l'on ne me rapatrie rapidement. J'ai donc décidé de prendre le problème à bras-le-corps et les difficultés les unes après les autres. D'abord le mariage et ensuite la justice.

Olivia était sidérée. Non pas tant par les agissements d'Oyono que par l'idée absolument ubuesque qu'il était possible de marier quelqu'un à son insu. Elle songea au fait qu'elle ne s'en serait peut-être même pas rendu compte de sitôt si elle n'était pas allée demander une marge de crédit. Elle avait déjà regardé de nombreux reportages sur le vol d'identité, mais un vol de cet acabit, jamais elle n'en avait entendu parler. Bien qu'irritée, elle décida de continuer à écouter, puisqu'il faisait volontiers ces confidences.

— Et comment tu as fait ça concrètement ? Il faut des témoins non, je crois ? Et aussi la signature de l'autre personne. En plus, comment tu as fait pour me choisir, moi ?

— Pour répondre à chacune de tes questions, je dirais, premièrement, que j'ai juste inventé des signatures. Le système n'est pas aussi sécurisé qu'on pourrait le penser. Pour être tout à fait honnête, je n'avais moi-même jamais songé à ce genre de stratagème par le passé. C'est mon pote Priso qui a dit ça un jour, pour blaguer. Il est camerounais comme moi. Il connait donc parfaitement le fonctionnement de notre pays. Nous nous cassions la tête pour trouver une solution à mon problème et il m'a dit, comme ça, sans trop y réfléchir, « C'est dommage qu'on ne soit pas au pays. Avec toutes les magouilles que les gens font là-bas, toi qui travailles à la mairie, au pays, tu aurais pu arranger quelque chose rapidement pour t'acheter un peu de temps ». C'est comme ça que l'idée m'est venue. Et puis, pour ton autre question, il fallait que je trouve une femme jeune, sensiblement de la même génération que moi, pour que ça ne semble pas trop louche, qui vit dans la région depuis un certain temps, ce qui me donnait l'impression qu'elle ne partirait pas de sitôt, et qui n'avait pas non plus une grande présence publique. Je parle des réseaux sociaux, cru-t-il bon de préciser.

— J'avais compris, rétorqua Olivia, pour qui ce qu'elle entendait ne pouvait être qu'un scénario de film, et très inventif encore.

— Pour le reste, j'ai un peu joué à la loterie. Voilà, tu sais tout !

— Pourquoi te donner autant de mal alors que tu aurais tout à fait pu te marier pour de vrai ? interrogea naïvement Olivia.

— Il faut vraiment être une femme pour dire ça,

retorqua Oyono sur le ton de la plaisanterie.

Olivia le fusilla du regard.

— Non, ce n'est pas ce que tu penses, fit-il pour calmer la fureur naissante de son épouse par contumace. Ce que je veux dire, c'est qu'une femme peut sans doute se mettre en couple du jour au lendemain si elle le décide, mais ce n'est pas le cas pour un homme, puisque ce sont bien souvent les hommes qui font la démarche. C'est du moins ainsi que les choses se sont toujours passées pour moi. Envisageons la situation autrement : imaginons que nous nous connaissions toi et moi depuis six mois, ou même un an. Un jour, je débarque et je te propose de but en blanc que nous nous mariions, surtout en te précisant que ça doit se faire le plus rapidement possible. Je suis à peu près certain que ça ne va pas te plaire. Et même si je te dis que c'est pour que je puisse rester au Canada, il y a de fortes chances que tu te méfies. En tout cas, moi je me méfierais. Par ailleurs, j'aurais même voulu opter pour l'une ou l'autre de ces solutions que cela n'aurait pas été envisageable, puisque je ne suis pas en couple en ce moment ; ça prend du courage, du temps, des opportunités pour tenter de commencer une relation. Et je n'avais rien de tout ça à disposition.

— Ok. Supposons que je comprenne ce qui t'a amené à faire tout ce que tu as fait, et je ne dis pas que c'est le cas, précisa Olivia, et même si tout ceci est parfaitement absurde, si tu as pu le faire tu devrais pouvoir le défaire, non ?

— Malheureusement non ! répondit Oyono, avec dans la voix un brin de fatalité. Je ne travaille plus à l'hôtel de ville depuis quelques mois. Je n'ai plus aucun accès.

Tout à coup, comme si la chaise sur laquelle il était assis était devenue incandescente, il bondit comme le fait un ressort de lit en fin de vie.

— Merde, j'ai complètement oublié ! Je ne me suis pas pointé au boulot depuis le matin. La police est venue me prendre lorsque j'allais sortir. Je n'ai pas eu le temps de demander une journée d'absence, et je suis encore en période d'essai.

Il avait parlé en se déplaçant avec une rapidité d'athlète à l'intérieur de l'appartement. Il disparut dans un couloir, reparut quelques secondes plus tard avec un petit sac de bureau qu'il portait en bandoulière.

— Je ne peux pas me permettre de perdre ce boulot, ça compliquerait plus encore ma situation, lança-t-il en sortant en coup de vent.

Olivia était abasourdie. Moins d'une heure plus tôt encore elle se promettait de rendre la vie infernale à l'homme qui avait transformé la sienne en cauchemar, et voilà qu'elle se retrouvait dans son appartement. Elle devait attendre. Attendre quoi ? Elle n'en avait absolument aucune idée.

4. Occupation double

Combien de temps avait-elle dormi ? Olivia n'aurait pas su le dire. Le fait est que le soleil avait fortement décliné lorsque le bruit d'une porte qui s'ouvre l'avait arrachée à un lourd sommeil. Elle avait tourné en rond quelques minutes dans le salon après le départ de son mari par contumace, ne sachant trop quoi faire. Elle avait songé à s'en aller, mais s'était souvenue de l'inspecteur enragé qui était peut-être encore dans le stationnement à l'attendre. Oyono ne s'en était même pas soucié au moment de partir. Le policier l'avait-il suivi ou avait-il attendu de voir ce qu'elle ferait à son tour ?

Du salon, il était impossible d'observer discrètement le stationnement, mais Olivia réalisa en parcourant l'appartement que la fenêtre de la chambre, qui était au fond d'un petit couloir donnant sur le nord, offrait une meilleure vue. L'inspecteur avait continué d'attendre après le départ d'Oyono. Elle devait en faire autant.

La chambre était assez bien rangée, tout aussi sobrement décorée que le salon. Un lit massif occupait le milieu de la pièce. Il était tellement grand qu'on imaginait difficilement que n'y dormait qu'une seule personne. Il y avait à droite, en guise de table de chevet, une petite bibliothèque avec une dizaine de livres. À gauche du lit se trouvait un long bureau sur lequel était installé un écran d'ordinateur, de même que, un peu à l'écart, des produits de soins personnels. Olivia piocha au hasard dans la bibliothèque. C'était un roman à la couverture totalement noire, tellement écorné qu'il arracha à la jeune femme un léger sourire. Il lui faisait penser à ses romans à elle, ceux dont elle s'était servie durant ses études de littérature. Le texte était intitulé *Sorcellerie à bout portant*, un titre pour le moins singulier, signé d'un certain Achille Ngoye, dont elle n'avait jamais entendu parler. Elle s'assit sur le bord du lit et entreprit de feuilleter le livre. L'écrivain avait un style particulier, haut en couleur. Son écriture était pleine de formules absolument savoureuses. C'est la réflexion que se faisait Olivia lorsque, sans s'en rendre compte, elle s'était laissée tomber et ne s'était réveillée que lorsque la porte de la chambre s'était ouverte.

Pour la première fois depuis qu'elle avait rencontré Oyono plus tôt le matin, Olivia était, pour ainsi dire, sur la défensive. Elle s'était abandonnée au sommeil et elle n'aimait pas ça. Le jeune homme ne donna pas l'impression de celui qui était étonné de la trouver là.

— Je ne voulais pas te réveiller. J'espère que tu t'es bien reposée ?

Olivia ne répondit pas. Oyono, qui devait avoir

compris qu'elle était gênée, enchaîna.

— Je suis désolé, j'ai dû faire quelques heures de plus pour rattraper celles que j'ai manquées ce matin, mais heureusement ma cheffe d'équipe est plutôt compréhensive depuis que j'ai commencé.

Elle ne broncha pas.

— Est-ce que ça te dit de venir manger ? Comme je n'ai pas fait la cuisine, j'ai pris de la nourriture à emporter. Je ne savais pas si tu serais toujours là, mais j'ai pris à manger pour deux.

Olivia restait muette, mais elle suivit tout de même le jeune homme qui retournait au salon. Il avait dressé la table, sorti des couverts et de la nourriture trônait déjà dans des plats.

— Ça fait longtemps que tu es rentré ?

— Oh, dix minutes tout au plus. Quand je suis arrivé, j'ai compris que tu dormais, je n'ai pas voulu te déranger. Comme je ne sais pas si tu es végétarienne ou pas, j'ai pris de la nourriture grecque, du souvlaki, avec et sans poulet.

Outre les ustensiles et le léger bourdonnement de la télévision que Oyono avait allumée, aucun son ne meublait le repas. À peine quelques minutes après, Olivia s'en allait, en déclarant qu'il faudrait rapidement trouver une solution au problème. Elle avait poliment, mais fermement, décliné l'offre du jeune homme de la raccompagner à sa voiture. Celle du policier avait disparu.

Moins d'une heure plus tard, Olivia sonnait à la

porte de son mari par contumace, à la grande surprise de ce dernier. On était un vendredi soir, son appartement avait été scellé par le concierge de son immeuble, un abruti de première qui avait laissé un mot désinvolte dans lequel il indiquait qu'il serait absent durant la fin de semaine, que la jeune femme avait intérêt à se mettre en règle lorsqu'il reviendrait lundi, autrement elle verrait ce qu'elle verrait. Elle n'expliqua pas le détail de tout cela à Oyono, seulement qu'elle ne pouvait pas réintégrer son appartement dans l'immédiat, qu'elle ne voulait pas incommoder ses amies, qu'il fallait qu'Oyono l'héberge pendant deux jours et que, de toutes les façons, il lui devait bien ça. Vu que son avis ne comptait pas réellement, le jeune homme n'eut même pas besoin d'acquiescer. Il proposa un chandail à Olivia, qui n'avait pas de vêtements de rechange, s'installa lui-même sur le canapé en lui laissant sa chambre à coucher, en dépit de l'opposition répétée de cette dernière, et roupillait déjà quelques minutes après. La journée avait été éprouvante.

Il est des histoires improbables, que l'on n'imagine possibles que dans des films. Où a-t-on jamais vu pareille situation : une personne qui se fait épouser à son insu et qui, en plus, participe de son propre chef à cette mascarade lorsqu'elle la découvre, tout cela pour se retrouver au cœur de situations plus improbables encore ? Et d'improbabilités, il en serait encore question quelques jours durant, comme Olivia le réalisa dès le lendemain. Après un petit déjeuner qui se passa pour l'essentiel dans le silence – comme s'ils avaient été condamnés à ne rien se dire lorsqu'il n'y avait pas de reproche à formuler ou d'explications à donner – Olivia décida de se rendre dans un magasin pour s'acheter le minimum nécessaire. Son fossile de voiture refusa de démarrer. Rien de bien surprenant vu l'âge du machin. Oyono lui proposa de prendre la sienne, ce qu'elle refusa tout d'abord. Il fallut cependant se rendre à l'évidence : comme nombre de petites villes, Windsor n'était pas particulièrement connue pour l'efficacité de son système de transport en commun. Il aurait fallu à Olivia près de quarante-cinq minutes, plus le temps à attendre aux arrêts de bus, pour se rendre au centre commercial Devonshire, alors qu'elle aurait effectué en dix minutes à peine la même distance en voiture.

Oyono possédait une très confortable Volkswagen Atlas dernier cri.

— J'imagine que c'est grâce à cette voiture que j'ai découvert que j'avais été mariée à mon insu ?

Olivia interrogeait le plus sérieusement du monde. Ils étaient dans le stationnement de l'immeuble. Bonnes manières obligent, Oyono voulait débarrasser le véhicule des gobelets de Tim Hortons qui y traînaient, avant de le laisser à Olivia. Pour un homme aussi propre que lui, ça faisait un peu désordre.

— Je ne suis pas certain de comprendre, confessa Oyono.

— Je suis allée à la banque pour une marge de crédit et on a refusé de me la donner, en m'expliquant que mon mari venait de prendre un crédit pour une voiture.

— Ah ! fit Oyono, qui se rendit compte qu'il ne pouvait s'en prendre qu'à lui-même pour la découverte du pot aux roses. Certaines envies peuvent vous coûter la vie, songea-t-il.

— Alors comme ça on ne se refuse rien, lança-t-elle.

L'épiderme de Oyono ne pouvait pas lui permettre de rougir. Il ne rougit donc pas. Il n'en éprouva pas moins la panoplie d'émotions désagréables qui s'inscrivent quelquefois dans le sillage du rougissement, tel que l'embarras qui l'étreignait.

— Je ne peux pas dire que j'ai beaucoup de plaisirs dans la vie, sentit-il le besoin de justifier. Il y a la lecture et les voitures. Ça fait des mois que j'avais envie de cette voiture.

— Ça se comprend, répondit de manière laconique Olivia, en s'asseyant sur le siège conducteur.

Oyono fut incapable de dire si le propos avait vocation à montrer l'approbation de la jeune femme ou à le railler.

Comme si l'univers ne s'était pas suffisamment mêlé de ses affaires, Olivia manqua un arrêt alors qu'elle se rendait au centre commercial, parce qu'elle essayait encore de « dompter » le véhicule. Conséquence : elle se fit interpeller par la police, ce qui ne lui était jusque-là jamais arrivé depuis qu'elle vivait à Windsor. C'est à son propre étonnement qu'elle s'entendit répondre au policier que la voiture appartenait à son mari, ce qui était du reste vérifiable.

Lorsqu'Olivia revint dans l'appartement, un peu plus d'une heure plus tard, à peine eût-elle ouvert la porte qu'elle se fit interpeller de la manière la plus outrageuse qui soit pour une femme par une voix qui émergeait de la cuisine.

— Alors salope, tu as bien vadrouillé ?

Elle n'en revenait pas du culot et de ces manières ordurières. Était-ce parce qu'il l'hébergeait qu'il pensait pouvoir s'adresser à elle de la sorte ? Cet énergumène qui affectait quelques heures plus tôt encore des airs de chien battu lui devait, à tout le moins, de la reconnaissance et donc du respect. N'étant pas femme à se laisser faire, Olivia Lavigne se lança vers la cuisine, avec pour mission de voler dans les plumes de l'ingrat misogyne voleur d'identité, lorsqu'elle se retrouva nez à nez avec un individu maigrichon arborant des *locks* et qui n'avait pour seul vêtement qu'un pantalon de cotonnade bleu délavé. Elle en eut le souffle coupé.

— Tu es qui toi et à qui tu crois parler ainsi ? éructa-t-elle tout de même.

Olivia Lavigne était rarement à court de verbe.

— C'est à moi de te demander ce que tu fais ici. Comment tu as fait pour entrer ?

— J'ai posé la question en premier et si je n'ai pas une réponse dans les secondes qui suivent j'appelle la police.

— Et tu vas leur dire quoi exactement, que tu entres chez les gens par effraction et que tu appelles la police pour te plaindre ? Ou peut-être, je ne sais pas moi, que tu es revenue d'un club avec mon pote et que tu te prends déjà pour son épouse ?

Le propos fit à Olivia l'effet d'une décharge électrique. Elle se souvint qu'Oyono, bien qu'étant son époux, n'en n'était pas moins un étranger. La situation était d'un ridicule absolu. Olivia n'était cependant pas du genre à se laisser impressionner.

— Peu importe la raison pour laquelle je suis ici, ça ne te donne pas le droit d'être aussi ordurier envers moi.

— Tu délires ou quoi ? De quoi est-ce que tu parles ?

Soit elle avait halluciné, soit il la prenait pour une mythomane. Vu qu'aucune de ces deux options n'était envisageable, Olivia se prépara à cracher le feu. La porte de l'appartement s'ouvrit sur ces entrefaites. Oyono, qui était allé faire un jogging, les trouva tous les deux sur le champ de bataille. Elle avait le visage renfrogné, un air qu'il avait aperçu quelquefois déjà depuis la veille. Ça ne présageait rien de bon. Le visage de l'interlocuteur d'Olivia, qui avait pour seul vêtement un pantalon, pouvait laisser à penser qu'il était en train de se foutre de la gueule de la jeune femme. Ce qui était d'ailleurs probablement le cas.

Olivia ne prononça pas le moindre mot. Elle avait pris le soin, quelques instants plus tôt, de se délester sur le canapé des paquets avec lesquels elle était revenue. Elle se tourna, les ramassa, et se lança vers la porte. Sans trop savoir pourquoi il agissait de la sorte, Oyono se mit en travers de son chemin pour lui barrer délicatement le passage, et lança à l'individu en *locks* et pantalon de cotonnade délavé :

— Bon Dieu Priso, qu'est-ce que tu as encore fait ?

— Ça m'aurait étonné que tu ne m'accuses pas. Je vais finir martyr, je le sens. On accuse toujours les martyrs à tort. Cela dit, et malheureusement pour toi, je suis plus innocent cette fois-ci qu'un beau bébé tout neuf. C'est elle qui m'a agressé aussitôt qu'elle a franchi la porte.

— Pardon ? répliqua avec furie Olivia, qui venait de faire volte-face. Je t'ai agressé ? Et qui a traité l'autre de salope ?

— Ah ! Je comprends, intervint Oyono. Il était où quand il a dit ça ? demanda-t-il à Olivia, qui se sentit immédiatement insultée.

— Tu demandes parce que pour toi les insultes, surtout ce genre de merdes misogynes, ont quelque chose à voir avec la géographie ?

— Peut-être un peu, fit l'homme aux *locks*, en ricanant.

Oyono ne laissa pas le temps à Olivia de s'énerver plus encore qu'elle ne l'était déjà.

— Ça t'amuse peut-être, mais est-ce que je ne t'ai pas déjà dit que ces histoires vont créer des problèmes ? demanda-t-il à l'homme aux *locks*. Je me demande ce que j'ai fait aux ancêtres pour avoir un ami pareil. Qu'est-ce que tu as à m'appeler salope tout le temps ?

Olivia, qui montait toujours un peu trop rapidement sur ses grands chevaux, percuta. Comme Oyono avant elle, elle aurait rougi si son épiderme en avait eu la capacité. C'était tout à fait logique. Le nommé Priso était dans la cuisine d'un appartement qu'il connaissait bien, comme en témoignait sa proximité avec Oyono. Il avait entendu ouvrir la porte, ne sachant pas qu'elle entrait dans l'appartement, avait pensé fort logiquement qu'il s'agissait d'Oyono, et l'avait interpellé comme il le faisait d'ordinaire. Elle se sentit honteuse.

— Je vais porter plainte. J'exige d'être rétabli dans mon honneur. J'ai été outragé, que dis-je, déshonoré, et ma réputation a été ternie, fit Priso avec un air théâtral dont les mouvements étaient rendus comiques par le fait qu'il ne portait pour seul vêtement qu'un pantalon, et délavé encore. Je vais finir martyr, je le sais. Je sais que ça vient, ça vient vite. Ils éclatèrent tous les trois de rire.

Dans la nuit, au moment où Priso quittait l'appartement, tout avait été pardonné et oublié. Olivia ne l'aurait pas avoué, du moins pas aussi rapidement, mais elle aimait beaucoup ce gringalet. Il était plein de vie – il déteignait clairement sur Oyono, qui n'était de toute évidence pas le jeune homme timide auquel elle pensait avoir affaire – racontait des blagues les unes après les autres qui étaient toutes loufoques. Elle les avait regardés discuter toute la journée avec une extrême philosophie et une passion sans fin de questions telles que la surface du pied la plus adéquate pour tirer un coup franc au foot. Ce qui rendait plus hilarantes les explications de Priso, c'est qu'il agissait en professeur alors qu'il était doté d'une carcasse qui poussait à se demander s'il avait jamais touché à un ballon de sa vie. Il avait remis son chandail, était repassé à la cuisine et avait insisté pour faire à manger, question de se faire pardonner, avait-il dit. Il avait fait du riz avec une sauce aux arachides relativement lourde, ce qu'il considérait comme sa grande spécialité. Il avait mis des morceaux de viande de bœuf dans la sauce et, sacrilège, selon Oyono, des carottes et des haricots verts. Ils étaient passés à table. Le repas s'était avéré appétissant. Ils avaient longuement rigolé du caractère ubuesque de la situation. Priso, qui savait visiblement souffler le chaud et le froid, avait rendu les choses quelque peu inconfortables en suggérant qu'il n'était peut-être pas nécessaire de chercher à divorcer puisque rien ne les y obligeait, du moins pas dans l'immédiat.

Olivia rechigna moins à prendre le lit d'Oyono lorsqu'il fallut se coucher. Il était à peine sept heures du matin lorsque Priso revint. Olivia n'était pas habituée à se lever tôt les fins de semaine. Elle avait bien essayé de continuer à dormir, mais Priso faisait un tel boucan dans le salon qu'elle fut obligée de sortir du lit.

— Désolé, j'ai essayé de lui demander de faire moins de bruit, mais il est impossible de lui faire entendre raison, commença Oyono.

— Je lui ai dit que ça ne te dérangerait pas, répondit à sa place Priso, qui se comportait comme s'il connaissait Olivia depuis des années, et aussi comme si elle était réellement la femme de son ami. Allez ma belle-sœur, dis à ton mari que ça ne te dérange pas, fit-il, hilare.

Oyono était mal à l'aise. Olivia choisit de jouer le jeu

pour détendre l'atmosphère, même si elle n'était pas encore tout à fait réveillée.

— Bien sûr que ça ne me dérange pas, mon beau-frère. Tu es le bienvenu chez nous à tout moment, même si j'aurais préféré que ce soit un peu plus tard. Je ne...

— C'est donc réglé, interrompit abruptement Priso, tandis qu'Oyono souriait de bon cœur. Si je suis revenu tôt c'est parce que j'avais des doutes.

Il avait tout à coup l'air extrêmement sérieux.

— Vous voulez vous asseoir, ordonna-t-il plus qu'il n'interrogea. Depuis hier, il y a la même question qui me trotte sans cesse dans l'esprit. Olivia, tu m'as bien dit que le policier t'avait semblé très mécontent quand tu as dit que vous étiez vraiment mariés ?

Elle acquiesça.

— Et aussi que tu ne comprenais pas qu'il s'investisse autant dans cette histoire.

Elle acquiesça une nouvelle fois.

— Je me pose moi aussi la même question depuis hier, surtout que lorsque je rentrais chez moi, j'ai vu une voiture garée sur Crawford. Je suis passé à côté et en jetant un coup d'œil discret, j'ai vu un homme. Je ne peux pas dire avec certitude que c'était le type dont vous m'avez parlé, puisque j'ai à peine regardé, mais je peux dire qu'il lui ressemblait beaucoup.

Les propos de Priso jetèrent un froid.

— Ça fait un peu trop pour une simple affaire de fraude, réfléchit à haute voix Olivia.

— Je suis d'accord, rétorqua Priso. Oyono était bouche bée. Pour moi, ça cache quelque chose d'autre. D'autant que ce matin, en arrivant, j'ai aperçu une voiture du même genre, blanche c'est vrai, mais toujours sur Crawford. On peut penser que je regarde un peu trop de séries, mais le type que j'ai aperçu ce matin avait le genre d'attitude qu'on voit à la télé chez les gens qui font beaucoup de filature. Il buvait tranquillement son café en fixant l'immeuble. Ça se sentait qu'il n'était pas pressé et que rien n'aurait pu le déconcentrer. Si ce que je pense est vrai, ces gens te veulent pour quelque chose d'autre, pas seulement cette histoire de mariage, et peut-être même pas pour ça.

— Tu veux dire que le gouvernement a envoyé des gens pour moi ? demanda Oyono, avec une certaine inquiétude.

— Non ! fit Priso en éclatant de rire, ce qui tranchait avec le sérieux de la situation. Je ne parle pas de ces vauriens. Des incapables notoires. C'est sûr qu'ils ne diraient pas non s'ils pouvaient mettre la main sur une voix critique, mais je ne pense pas. En plus du fait qu'ils n'ont pas nécessairement les moyens de leurs ambitions, ceux qui leur permettraient d'atteindre quelqu'un à l'étranger, je pense, sans vouloir t'offenser mon pote, que tu n'es pas une figure de premier plan. S'ils voulaient frapper à l'extérieur du pays, ils chercheraient des gens qui leur nuisent plus comme ceux qui sont en Suisse, aux États-Unis ou au Burkina. Par ailleurs, pourquoi est-ce qu'ils le feraient seulement maintenant, pourquoi pas avant ? Ce n'est pas comme si tes déclarations en ligne dataient d'aujourd'hui. Et puis, je pense que ces gens ne sont pas stupides. Ils n'essayeraient pas de corrompre un policier canadien. Non seulement c'est risqué, et donc dangereux, mais ils doivent en plus avoir leurs propres gens pour faire leur sale besogne. Ton problème doit être plus sérieux que ça. Vraiment plus sérieux pour que cet inspecteur se donne autant de mal.

— Est-ce qu'il ne s'agirait pas d'une histoire de racisme, intervint Olivia ? Il faut voir la manière dont il parlait de lui quand il a dit qu'il fallait le renvoyer. Il en parlait comme d'un déchet. C'est d'ailleurs ça qui m'a poussée à faire ce que j'ai fait.

— Je n'écarte pas cette possibilité, répondit Priso, qui résonnait, au grand étonnement de Oyono, comme un enquêteur de gros calibre, mais là encore il y a quelque chose qui cloche. Tout d'abord, il s'est comporté de manière hostile vis-à-vis de ton mari – ce type est terrible, songea Olivia, en entendant le mot mari – mais ne l'a fait avec toi que lorsque tu l'as contrarié. Tu m'excuses, mais si le gars était réellement raciste, il vous aurait visés tous les deux. De plus, tu as menacé d'aller voir les médias. Ce genre de choses fait habituellement reculer des gens qui ont des motivations de cette nature. En plus, pour une affaire de racisme, il va mobiliser un collègue qui va venir faire lui aussi le guet ? Et il justifierait cela comment ?

— Quel collègue ? interrogea Oyono, qui frissonnait de plus en plus.

— L'homme que j'ai aperçu tout à l'heure. Ce n'est pas le même que celui d'hier. Venez voir.

Il avait parlé en se déplaçant vers la chambre. Le lit était encore défait. Les vêtements d'Olivia étaient rangés sur le bureau à côté de l'ordinateur. De la fenêtre de la chambre on pouvait apercevoir le stationnement de l'immeuble, mais aussi une partie de la rue Crawford. Olivia, qui avait une assez bonne vue, se baissa aussitôt qu'elle regarda.

— Nos yeux ont failli se croiser.

— Qu'est-ce que tu veux dire ? demanda Oyono, qui commençait à avoir vraiment peur.

— J'ai à peine eu le temps de l'apercevoir que son regard s'est posé sur la fenêtre. Je ne l'ai observé qu'une fraction de seconde, mais ce type est effectivement en train de surveiller quelque chose. Je me demande dans quoi je me suis embarquée.

— C'est à cause de moi tout ça.

Oyono avait l'air profondément contrit. C'était décidément une habitude chez lui.

— Tu ne te serais pas retrouvée dans cette situation si je n'avais pas fait ce que j'ai fait. J'aurais dû…

— Ça ne sert à rien de chialer ou de chercher un responsable, coupa Priso, qui était pris de remords vu qu'il avait lui aussi joué un rôle dans tout cela. Après tout, c'est de lui qu'était venue cette idée farfelue de mariage par contumace. Rien de ce que vous avez fait l'un et l'autre ne peut expliquer ce comportement. Le plus important est de savoir ce qu'on doit faire maintenant.

Je sais que tu es censée rentrer chez toi demain Olivia, mais ma suggestion est que tu évites de te retrouver seule.

Il marqua un temps de réflexion.

— Tu pourrais aller dans ta famille ou chez une amie, non ?

— Ce n'est absolument pas envisageable, s'opposa-t-elle. Mes parents ne vivent pas ici. Et même si ça avait été le cas, je ne serais pas aller les voir. Est-ce que je sais quel genre de danger je vais leur faire courir ? C'est pareil pour mes amies. Oublions ça, conclut-elle en s'affaissant, lasse, sur le canapé.

Ils étaient revenus dans le salon.

— Dans ce cas, vous n'avez pas le choix. Vous allez devoir rester ensemble.

— Combien de temps ? s'enquit Olivia, que cette idée affolait quelque peu. Oyono restait muet.

— Je ne peux pas répondre à cette question. Tant que nous ne savons pas pourquoi ce type en veut à ton mari – il avait dit mari en souriant comme pour tenter de détendre l'atmosphère – il va falloir jouer le jeu.

Deuxième partie : Les sources fantômes

5. Consternations

Il avait été décidé qu'Oyono prendrait quelques jours de congé, pour s'assurer que ni lui ni Olivia ne se retrouveraient à aucun moment seuls. Les trois jeunes gens ignoraient combien de temps cela allait durer, mais espéraient secrètement qu'il ne s'agissait que d'une fausse alerte et que les choses rentreraient rapidement dans l'ordre. Comme ils ignoraient tout de l'étendue de ce que l'inspecteur Richard savait de leur vie, il fut décidé que Priso reviendrait le plus rarement possible. Il fallait lui éviter des allées et venues qui auraient pu le faire remarquer.

Olivia et Oyono restèrent enfermés pendant trois jours, poursuivant leur improbable cohabitation. Une cohabitation qui, si elle ne fut pas sans difficulté pour les deux, fut étonnamment plus ardue encore pour Oyono qu'elle ne le fut pour Olivia. On aurait logiquement pu présumer qu'elle serait déstabilisée par le fait d'avoir dû établir au pied levé ses quartiers dans l'appartement d'un individu qu'elle ne connaissait que très peu, sinon pas du tout, mais c'était mal connaître la jeune femme, qui n'était pas du genre à se laisser dépasser par les événements, les péripéties, comme ils disent. Pour Oyono, la question était à la fois simple et complexe : comment regarder dans le blanc des yeux, autrement dit, cohabiter de manière sereine, avec une personne dont vos actions ont chamboulé la vie, surtout quand la personne en question est du genre à rarement détourner le regard ? La situation était rendue plus difficile encore par le fait qu'Oyono dut très rapidement admettre qu'il n'était pas insensible au charme d'Olivia.

Cette attirance n'était nullement le fruit de leur cohabitation. Il avait beau avoir eu le cerveau embrumé lorsqu'il avait pour la première fois posé son regard sur elle au poste de police, il n'en avait pas moins été séduit. Cette jeune femme à la moue d'ordinaire espiègle avait les cheveux coiffés façon *nappy*. Elle allait plus tard révéler à Oyono que c'était sa manière à elle de se rapprocher de ses origines. Selon elle, ses parents avaient fait un sans-faute. Ils lui avaient procuré tout l'amour du monde, tout l'amour qu'il avait été possible de donner, tout l'amour dont ils avaient été capables, mais il lui avait toujours manqué quelque chose, quelque chose en lien avec son identité, ses origines. Il paraît que tous les enfants adoptés éprouvent un jour ou l'autre ce type de manque, de manque profond, cette peur du vide, ce besoin de racines.

Pour Oyono, Olivia était parfaite parce qu'elle avait

ce qu'il considérait comme le type parfait de beauté ; un type concret, réaliste, loin de ce qu'on voit dans les films et les magazines et qui est tellement stéréotypé. Elle n'était pas filiforme, portait des chandails de basket à longueur de temps et ne semblait pas être – c'était cela qui embrasait le plus son être – au courant de l'effet qu'elle pouvait avoir sur Oyono.

Olivia avait quant à elle continué un certain temps encore à être sur ses gardes. Elle tenta de le dissimuler d'une part parce qu'elle réalisait qu'Oyono avait bien plus à perdre qu'elle dans cette histoire, et d'autre part en raison du fait qu'elle s'était bien assez rapidement rendu compte qu'il n'était pas le salaud typique, l'homme d'une seule action, bien au contraire. Il était prévenant et respectueux[1].

Pendant trois jours, ils évoquèrent à quelques reprises, mais de manière sporadique, leur passé respectif, et cela même si Olivia lui avait clairement, et de prime abord, indiqué qu'elle ne souhaitait pas trop s'ouvrir à quelqu'un qu'elle connaissait si peu. Il s'opérait néanmoins une forme de rapprochement naturel comme cela arrive souvent avec ces gens qu'on met en scène dans des téléréalités d'enfermement. Quelques

---

1 Est-ce que ce n'est pas la moindre des choses quand on a épousé quelqu'un à son insu ? Épouser quelqu'un à son insu : un acte tellement absurde et inédit que je mets nos chevronnés juristes au défi de lui trouver une quelconque qualification juridique, à fortiori criminelle.

jours d'intense cohabitation prennent des allures de mois de vie commune. Ce rapprochement se matérialisait notamment par le fait qu'Olivia s'endormait de plus en plus sur le canapé à côté d'Oyono pendant qu'elle regardait des films, une des seules choses à faire pour passer le temps. En réalité, elle jugeait de moins en moins nécessaire de retourner s'allonger dans la chambre lorsqu'elle tombait de sommeil, une chambre qu'Oyono continuait, grand seigneur, de lui laisser sans rechigner. Olivia découvrit qu'en plus du foot, qui était pour lui une véritable religion, Oyono nourrissait une passion déraisonnée pour les films de science-fiction, rien de très surprenant chez un homme, pensait-elle, mais également pour les comédies romantiques, ce qu'il tentait de dissimuler. Pour sa part, la jeune femme était férue de fictions criminelles, le type de littérature que préférait Oyono.

Tout se passait de manière quasiment normale – si tant est qu'une expression de cet acabit puisse s'appliquer à pareille situation – lorsque le mercredi dans l'après-midi, alors qu'ils étaient en train de regarder une énième série, Olivia balança à brûle-pourpoint.

— Au fait, c'est quoi cette histoire de prêts et bourses ?

— Quelle histoire ? interrogea Oyono qui, bien que pris par surprise, avait pourtant l'air de celui qui sait exactement de quoi il est question.

— Ne fais pas celui qui ne sait pas. Je me suis rendu compte que quelqu'un a payé mes prêts étudiants, et je sais parfaitement que ce ne sont pas mes parents, parce qu'ils n'ont pas accès à cette information.

— Ah, ça ? fit naïvement Oyono.

— Oui ça ! répondit-elle, en plongeant un regard incandescent dans le sien qui avait l'air de dire « Essaie un peu de me mentir pour voir de quel bois je me chauffe ».

— Ce n'est rien de bien important. En fait, je me sentais un peu coupable d'avoir fait ce que j'ai fait. J'ai voulu faire quelque chose qui réparerait un peu le tort que j'avais peut-être causé.

— Que tu avais peut-être causé ? s'étonna-t-elle.

— Que j'avais causé ! rectifia-t-il, honteux.

— Tu es un petit génie, toi ! fit-elle avec une pointe d'ironie dans la voix avant d'enchaîner de manière rhétorique, tu ne t'es pas dit que c'était exactement la chose qu'il ne fallait pas faire, qu'en agissant de la sorte, ça allait attirer l'attention de la femme que tu avais épousée sans lui demander sa permission ?

Oyono ne répondit pas immédiatement. Le silence s'installa alors et dura une dizaine de secondes. Le Camerounais semblait avoir été victime d'un bug. Il finit par fixer le plafond en se frottant le menton. Si le but en agissant de la sorte était de jouer les philosophes, c'était parfaitement raté.

— Et puis, comment as-tu eu cette information ? Ce n'est pas parce que nous sommes censés être mariés que tu as pour autant le droit de le savoir.

— C'est le conseiller financier de la banque qui me

l'a fait savoir au moment où je me faisais établir un portrait financier pour obtenir un prêt.

— Ces gens sont décidément des incompétents, commenta Olivia, qui devait avoir en tête au moins un conseiller financier en particulier. Autre chose, interrogea-t-elle, comment ça se fait que tu aies autant d'argent ?

— Je ne suis pas sûr de comprendre.

— Tu as payé mes prêts, tu vis dans un très bel appartement, tu as une voiture flambant neuve.

— J'ai eu un crédit pour la voiture, tenta-t-il de minimiser.

— C'est vrai, mais il faut avoir de quoi payer. Quoi qu'il en soit, il reste l'appartement et mes prêts.

— Pour dire les choses simplement, et en espérant ne pas avoir l'air arrogant en disant cela, je ne viens pas d'une famille pauvre.

— Ah, ok! fit Olivia, dont les parents n'appartenaient pas non plus à la classe moyenne, même si peu de gens le savaient.

— Tu sais, contrairement à ce que plein de gens ont tendance à penser ici, ce ne sont pas toutes les personnes qui viennent de pays africains qui crèvent de faim. Nous ne sommes pas tous des loqueteux, fit-il avec un air faussement hagard et en se levant pour singer un individu qui demande l'aumône. C'était inattendu et déconcertant venant de lui. Il devait peut-être se penser drôle. Je n'ai pas dit que c'est ce que tu penses. Il venait de se raviser devant l'air de réprobation martial qui s'affichait sur le visage de la jeune femme, qu'il commençait déjà à bien connaître. Il se rassit et enchaîna avec plus de sérieux. Je ne dirais pas que nous roulons sur l'or dans ma famille, mais nous avons ce qu'il faut. Je n'ai jamais dormi le ventre affamé. En grandissant, j'ai toujours eu tout ce que mes parents jugeaient nécessaire de me donner[2]. Je ne dis pas que c'est le cas pour tout le monde dans mon pays, mais ce qui nous tue vraiment, ce qui nous empêche de prospérer, c'est la violence du régime politique qui nous gouverne depuis des décennies. Sans cela, avec des hôpitaux, des infrastructures, des universités de meilleure qualité, je ne serais probablement jamais venu au Canada. Il y a de la misère chez moi, c'est vrai, le régime fait la guerre à une partie de sa population, c'est certain, il pille la quasi-totalité des ressources du pays, personne n'en doute, mais les gens sont tellement inventifs et débrouillards qu'il existe une classe moyenne, du moins des gens qui parviennent à vivre aisément. Et je dois dire, s'il fallait comparer, que, même chez ceux qui souffrent, je n'ai jamais rien vu de semblable, mis à part peut-être chez ceux qui sont victimes de la guerre, à ce que j'ai découvert lorsque je suis arrivé ici.

Il avait parlé d'une traite et avait piqué la curiosité

[2] Qu'il ait le courage de vous dire la vérité : quelquefois on jugeait nécessaire de lui donner des fessées, qui, on le sait tous, n'ont jamais rempli le ventre de personne, contrairement à ce qu'il pourrait être tenté de vous faire croire.

d'Olivia. Elle avait des racines haïtiennes avec lesquelles elle n'avait pas de lien véritable, mais cela la rattachait tout de même, sans qu'elle ne pût expliquer comment ni pourquoi, de manière presque mystique, au continent africain, sur lequel elle ne s'était jamais rendue. Est-ce cela qui expliquait la manière dont elle avait bluffé face à l'inspecteur Richard lorsqu'elle avait évoqué les origines africaines d'Oyono ?

— Pour poursuivre sur le cas spécifique du Cameroun, continua-t-il, rien ne justifie que les gens de quelque endroit que ce soit de ce pays connaissent la misère. Il est riche, plein de ressources, un peu comme le Congo. Le problème, ce sont les personnes qui le dirigent.

Il y avait décidément beaucoup de morgue, et plus encore de mépris dans sa voix lorsqu'il parlait des dirigeants de son pays.

— Et puis, en dépit de tous les pillages et de leur incompétence, il y a quelques années encore la famine n'existait même pas vraiment chez moi. Les gens qui vivaient dans la rue, c'était surtout ceux qu'on considérait comme des enfants récalcitrants. Chez moi, lorsqu'une personne décède, ses enfants sont pris en charge par la famille, par la communauté. C'est vrai que tout change, les esprits s'occidentalisent, l'individualisme fait son chemin, mais c'est toujours encore un peu ainsi que les choses se passent. Le problème véritable, le plus grand problème, je dirais, c'est qu'il y a quelques années, ils ont ajouté la guerre aux pillages. Ils ont ravagé la partie anglophone du pays et ils ont créé une situation de misère telle qu'on n'en avait jamais connu, dans un pays qui avait pourtant déjà eu son lot de difficultés. Je te parle d'un type de misère qui n'est pas tout à fait comparable à ce qu'on voit ici chez les sans-abris, mais qui y ressemble tout de même un peu. Je parle d'un type de misère qui est tel que des gens perdent tout, leur identité notamment ; un type de misère qui suppose que les gens sont livrés à eux-mêmes, ne semblent plus avoir aucun avenir.

C'était lourd ce qu'Oyono confiait. Olivia en était consciente. Si ça n'était pas loin d'être traumatisant, ça avait au moins la vertu de créer une sorte de vérité qui le rendait plus aimable encore, plus fragile, aurait dit l'autre. Cela dit, bien qu'éminemment touchantes, les confessions et les vérités d'Oyono ne pouvaient remplir la panse. Et donc, à court de vivres le jeudi, ils n'eurent d'autre choix que de sortir de l'appartement. Quitte à jouer les mariés, autant le faire aussi bien à l'intérieur qu'à l'extérieur. C'était d'ailleurs bien plus logique de le faire à l'extérieur, songèrent-ils. Au moment de quitter l'immeuble, le ciel faisait des siennes. On aurait dit qu'il allait pleuvoir, ce qui était étonnant pour le moment de l'année. C'était d'autant plus étonnant qu'il ne s'agirait pas de la première pluie. Il y en avait déjà eu quelques-unes pendant les précédentes semaines. Oyono chercha quelques minutes son parapluie et finit par laisser tomber. Lorsqu'ils montèrent en voiture, ils se gardèrent bien d'inspecter la rue pour ne pas attirer l'attention, et cela même s'ils ne voyaient plus de véhicule stationné à proximité comme l'avait été celui de l'inspecteur Richard.

Ils visitèrent deux grandes surfaces, évitant, peut-être poussés par un peu de paranoïa, d'aller dans des endroits peu bondés. Se figuraient-ils qu'on tenterait de les éliminer ? Après les courses, Olivia décida d'effectuer un arrêt au journal où elle faisait des piges. On ne l'y avait pas vue depuis quelques jours, et il lui fallait récupérer son ordinateur de travail si elle voulait continuer à être opérationnelle.

Le lieu se trouvait dans le centre-ville, près de l'intersection des rues Ouellette et Érié. C'était un immeuble d'époque marron de trois étages. Les bureaux du journal étaient situés au deuxième niveau. En fait de bureaux, il s'agissait de ce qui aurait été un appartement d'une chambre dans un immeuble résidentiel. La pièce qui aurait servi de chambre à coucher était occupée par le bureau d'Hubert, le directeur. Il était momentanément absent. L'autre pièce, la grande, qui était plus ou moins l'équivalent d'un salon moyen, était une espèce d'*open space*. Dans un coin se trouvait un canapé vert réservé aux invités. Un autre coin était occupé par une machine à café et une bouilloire ainsi qu'une volumineuse documentation, essentiellement des anciens numéros du journal. À côté se trouvait une table qui servait de bureau à Morna, la secrétaire. C'était une femme d'une cinquantaine d'années qui arborait une paire de lunettes rondes en demi-lune au style paradoxalement antédiluvien, sachant que les lunettes de ce type sont habituellement réputées chics et sophistiquées, ainsi qu'un sourire à toute épreuve. Avec Hubert, ils étaient les seuls employés permanents du *Témoin*. Morna n'était pas loin d'être une antiquité. Elle avait réussi une sacrée performance : celle de travailler pour le journal depuis ses débuts, une trentaine d'années plus tôt.

Sur le mur en face de Morna était installée une télévision qui diffusait le réseau d'information en continu de Radio-Canada.

Compte tenu de la situation dans laquelle ils se trouvaient tous les deux, Oyono n'eut pas d'autre choix que de suivre Olivia jusqu'à l'intérieur des locaux du journal. La jeune femme le présenta comme un ami. Elle y mit le moins de soin possible pour éviter l'attitude inquisitrice dont Morna était quelquefois capable, mais rien n'y fit et cela pour au moins une raison. Morna était née à Montréal de parents haïtiens. Elle se faisait de l'Afrique une idée idyllique, et puisqu'Oyono était lui-même authentiquement africain, elle fit ce qu'elle avait l'habitude de faire lorsqu'elle croisait la route d'un Africain. Elle lui posa toutes sortes de questions sur les religions et la géographie, notamment, auxquelles ce dernier répondit du mieux qu'il put, et de bon cœur, tandis qu'Olivia cherchait les accessoires de son ordinateur, qui ne quittait d'ordinaire jamais le bureau. Avant de partir, Olivia décida de faire un crochet aux toilettes situées à proximité du bureau d'Hubert. Le téléphone de Morna sonna et l'arracha à sa conversation avec Oyono. Ce dernier se tourna vers la télévision. Olivia émergea des toilettes quelques instants plus tard. Elle attendait la fin de l'appel de Morna lorsqu'elle porta elle aussi son attention sur la télévision. Morna acheva son bref appel et augmenta le volume de la télévision lorsqu'elle vit apparaître le président américain. Un bandeau « Dernière heure » s'était affiché au même moment. Le chef du monde libre avait un air grave. Il commença son discours sans aucune forme de préambule.

Mes chers compatriotes. Il y a deux jours, j'ai donné l'autorisation présidentielle pour que les États-Unis effectuent une frappe en Afghanistan, qui a tué le leader d'Al-Mumaththilun, Abu Iman Bakar. Cet homme, qui était extrêmement proche d'Osni Ben Munar, le fondateur de ce groupe terroriste, était une menace pour les États-Unis. Il fait partie des personnes qui ont planifié une attaque qui a coûté la vie à plusieurs centaines de nos compatriotes. Pendant des années, il a continué à planifier des attentats contre notre pays. Cet homme...

— Encore ? s'interroge à haute voix Morna, qui ne se demanda pas si c'était le bon moment pour prendre la parole.

— Comment ça encore ? demanda Olivia.

— Après autant d'années ils continuent à tuer des gens alors qu'on raconte partout que ce sont les Américains qui ont fait le coup ?

— Qui raconte ça ? intervint poliment Oyono, qui

n'aimait pas beaucoup les théories complotistes. Ils les trouvaient absurdes. Plus absurdes encore lorsqu'elles venaient de personnes comme Morna qui, parce qu'elle travaillait pour un journal, étaient logiquement censées être au-dessus de la mêlée. Il avait eu quelques chaudes discussions avec des proches au sujet d'idées farfelues sans jamais trouver le moyen de désamorcer ce qu'il considérait comme des élucubrations, jusqu'au jour où il avait entendu dire dans un balado que la meilleure manière de contrer ce genre de discours était d'interroger les personnes qui les tenaient sur l'origine de leurs sources.

— C'est partout sur internet, je reçois des vidéos sur mon téléphone tout le temps, s'insurgea Morna. Elle devait se demander si le jeune homme qu'elle avait de prime abord considéré avec affection ne manquait pas de neurones, et semblait étonnée qu'il remette en question, par son interrogation, l'inattaquable véracité de ce qui ne pouvait être qu'un fait établi.

— Ah bon ! Oyono ne se laissait pas démonter. Et qui sont ces gens qui racontent ça partout sur internet ? Ils tiennent ça de qui ?

Olivia esquissa un sourire discret. Elle n'était pas elle non plus particulièrement abonnée aux théories complotistes, mais connaissait assez bien les petits défauts de Morna. Elle aimait profondément cette femme, qui avait l'âge d'être sa mère, même si elle ne comprenait pas qu'une personne prompte à porter des jugements et adhérer à des discours suspects travaille depuis autant d'années pour un journal. Elle était en cela semblable à Oyono, mais les deux l'ignoraient.

— On ne va pas en faire un problème non ? fit-elle posément pour interrompre ce qui allait peut-être tourner au pugilat. C'est toujours ainsi avec ces histoires, ajouta-t-elle, ça commence comme de la rigolade et ça se termine en divorce. Vous venez à peine de vous rencontrer et vous vous bagarrez pour quelque chose qui ne nous concerne même pas.

Bagarrer était un verbe un peu fort pour qualifier l'échange.

— C'est toujours ce qu'on essaie de nous faire croire, lança Morna, qui ne devait pas être du genre à battre en retraite.

L'air sur le visage d'Oyono changea brusquement. Il portait encore par à-coups son attention sur l'écran pendant qu'il discutait avec Morna. Olivia s'en rendit compte, mais pas Morna, qui était un peu trop embarquée dans ses théories. Il était impossible de dire si c'était de la contrariété qui s'était affichée sur son visage, ou alors de l'inquiétude, mais ce qui était certain, c'est que la gravité de cet air ne pouvait pas s'expliquer par l'échange avec Morna. Olivia porta donc elle aussi son regard sur l'écran. Le président avait terminé son discours. Il n'avait duré que deux ou trois minutes. Il s'agissait d'une déclaration officielle aux allures martiales au terme de laquelle il s'était retiré sans répondre à la moindre question. Une journaliste et ses analystes commentaient cette annonce majeure tandis que des photos apparaissaient à l'écran. Il s'agissait forcément du visage de l'homme dont le président américain venait d'annoncer la mort, mais qu'Olivia n'avait jamais vu auparavant parce que cet individu était moins connu que d'autres terroristes. Les photos n'étaient pas nombreuses, mais il s'agissait exclusivement de portraits qui montraient l'homme à différents moments, comme en témoignaient les importants changements de corpulence et d'apparence. Une des photos montrait même ce qui avait l'air d'être une balafre sur le visage du terroriste, même si Olivia n'en était pas certaine.

Depuis qu'elle avait fait l'improbable rencontre d'Oyono, elle était très rapidement passée par toutes sortes d'émotions, mais elle le connaissait de mieux en mieux. C'est sans doute cela qui fit qu'elle s'imagina que cette émotion qui s'était imprimée sur son visage ne devait pas être discutée en public, et certainement pas en présence de Morna. Elle salua donc à la dérobée cette dernière et entraîna à l'extérieur un Oyono obnubilé par l'écran.

Olivia parvint à dominer son impatience pour attendre qu'ils soient dans la voiture d'Oyono, prenant de manière plutôt naturelle la place du conducteur, avant d'interroger à brûle-pourpoint son mari par contumace.

— Qu'est-ce qu'il y a ?

— Je ne sais pas trop.

— Est-ce que ça a quelque chose à voir avec l'annonce, les photos ?

Elle était perspicace.

— Je ne sais pas pourquoi, mais les photos m'ont troublé.

— Comment ça ? ne fut-elle pas loin de paniquer. J'ai encaissé trop de choses ces derniers jours. Je te connais très peu. J'ai accepté de prendre des risques pour toi. Dis-moi s'il te plait que je ne dois pas m'inquiéter plus que je ne m'inquiète déjà depuis quelques jours.

Elle avait fait preuve de tact, ce qui ne lui ressemblait pas trop, mais Oyono avait tout à fait reçu le message. Olivia croyait désormais pouvoir lui faire confiance, mais sa réaction lui avait fait peur, un peu comme si elle avait cru qu'il aurait pu être mêlé à une histoire de terrorisme, ou à quelque chose qui s'en rapprochait.

— Je sais ce que tu as à l'esprit, mais tu n'as pas à t'inquiéter. Tu as été vraiment formidable avec moi et je ne te ferai jamais ça en plus du fait que ça ne me ressemble pas ce genre de choses. Rentrons, s'il te plaît. Il faut que je réfléchisse.

Olivia était jusque-là restée les deux mains sur le volant sans démarrer. Elle mit la Volkswagen Atlas en marche en direction nord sur Ouellette. Ils intégrèrent la circulation, roulèrent quelques dizaines de mètres à peine, arrivèrent à quelques encablures seulement de Ouellette lorsque Oyono s'écria.

— Pas possible, je sais !

Il avait agi de manière si abrupte qu'Olivia paniqua. Elle appuya brutalement sur la pédale de frein et se fit percuter par la voiture qui les suivait. Elle ne le réalisa même pas.

— Qu'est-ce qu'il y a ?

— Le président disait quoi encore dans sa déclaration, que le type est mort quand ?

— Il y a deux jours, si je me souviens bien. En fait, il a textuellement dit qu'il a ordonné une frappe il y a deux jours qui a tué le leader d'Al-Mumaththilun. Je ne me souviens pas de son nom, mais je sais que c'est ce qu'il a dit.

— C'est impossible !

— Pourquoi tu dis ça ?

Le cœur d'Olivia commença à battre la chamade.

— Je peux jurer que j'ai vu cet homme il y a moins d'un mois, ici même à Windsor.

6. Au plus profond de la nuit

Trois semaines plus tôt

Il y a à Windsor, à plusieurs kilomètres à l'ouest du pont Ambassador, au bout de l'avenue Prospect, à quelques encablures du lieu où se croisent les rues Ojibway et Sandwich, les piliers qui serviront de base, du côté canadien, à un gigantesque pont à venir. Il enjambera la rivière Détroit, jusqu'aux États-Unis. Les médias ont tant évoqué l'aversion qu'ont les intérêts économiques liés au pont Ambassador pour le pont Gordie Howe, qui lui fera concurrence une fois terminé, qu'à peu près tout le monde dans le grand public connaît cette histoire. Ce qu'ignore le grand public, de même d'ailleurs que les médias, c'est que les intérêts économiques ne sont pas les seuls à regarder d'un mauvais œil l'infrastructure à naître, dont les piliers côté canadien sont installés à plus ou moins deux cents mètres à l'ouest d'une usine de Windsor Salt, qui emploie plus de cent personnes.

Quatre mois plus tôt environ, après les événements qui devaient l'amener à vivre une improbable occupation double, au moment où il terminait son stage à l'hôtel de ville, un stage qu'il s'expliquait mal avoir obtenu, compte tenu du master en chimie qu'il venait de décrocher, et que seul pouvait justifier l'importante pénurie de main d'œuvre qui frappait aux quatre coins du pays, Oyono avait décroché un poste contractuel à l'usine de Windsor Salt, ce qui était bien plus logique au vu de ses compétences.

Le défaut d'Oyono était celui-ci : il était accro au porno. Il existe des mots pour toutes sortes d'excès. Il en existe même un pour ceux qui pratiquent de manière excessive l'activité physique. Oui, oui, il y en a qui sont accros à ça. On parle de bigorexie dans ces cas-là. Comment nomme-t-on ceux qui consomment du porno à outrance ? Oyono n'en avait aucune idée. Peu probable qu'il se fut même jamais posé la question. Toujours est-il qu'il en consommait beaucoup, trop même. Il lisait aussi énormément, et c'était sans doute cela qui expliquait l'étrange impression d'entendre un livre parler qu'avait eue Olivia lorsqu'elle l'avait rencontré, mais il était peu probable que cela soit un jour source d'ennuis, contrairement au porno.

On s'imagine mal un individu qui a toutes les

apparences du jeune homme parfaitement équilibré, mais qui, tel un drogué, éprouve de tels moments de manque qu'il profite de chaque pause de travail prévue, et en improvise au besoin, pour s'isoler afin de prendre son *shoot* de porno. C'était pourtant le cas d'Oyono, et c'était cela son grand défaut.

Le vaste espace recouvert d'herbes basses, comme le seraient celles d'un terrain de foot, et qui se trouve en face de l'usine de Windsor Salt, sur lequel sont érigés les piliers du pont Gordie Howe, est une espèce de pente montante qui n'est pas suffisamment élevée pour éviter à celui qui s'y trouve d'être vu des personnes qui travaillent dans l'usine, et ce même de nuit. Pour échapper aux regards indiscrets, notamment lorsqu'on improvise des pauses qui n'ont aucune raison d'être valable, il faut avancer sur plusieurs dizaines de mètres vers l'ouest à l'intérieur du terrain, mais dans ce cas on ne peut soi-même plus voir ce qui passe au sein du périmètre de l'usine. Si par contre on va vers le nord, et que l'on se rapproche de la rivière Détroit, on tombe sur une espèce de fourré à l'allure hostile de prime abord. Celui qui refuse de se laisser intimider et qui se rapproche encore un peu plus de la rivière découvre une masse de béton informe. Impossible de dire exactement ce qu'est cette masse de béton, ni la raison pour laquelle elle a été abandonnée là. Toujours est-il qu'elle peut servir de siège, un siège sans confort, mais un excellent siège tout de même, puisqu'il offre une vue imprenable à la fois sur l'usine et sur Zug Island, un morceau de terre situé de l'autre côté de la rivière Détroit, dans la petite ville de River Rouge, à proximité de Détroit, la ville.

Zug Island est une laideur sans commune mesure. Il faut s'imaginer, depuis le milieu des années 1850, l'érection sur place de plusieurs hauts-fourneaux, ainsi que la production intensive, sur chaque centimètre carré du sol de l'île, de toutes sortes de matériaux en lien avec la sidérurgie. Il faut s'imaginer des milliers d'ouvriers, le visage assombri par des heures de dur labeur, poussant à leur maximum et à longueur de journée des machines crachant sans relâche de la fumée noire. Il faut s'imaginer l'industrie du fer en perte de vitesse et tout l'appareillage de l'île non pas démantelé, mais abandonné du jour au lendemain, livré aux assauts de la rouille.

Jamais alors qu'il trônait sur son siège de béton, Oyono ne s'était intéressé à ce lieu qui était, de toutes les manières, censé être abandonné. Il passait le plus clair de son temps les yeux rivés sur son téléphone, au risque quelquefois de détériorer sa vue, puisqu'il lui arrivait d'être du service de nuit. C'était certes rare, mais il arrivait tout de même qu'il y ait des choses à voir à Zug. Des choses qui n'avaient aucune forme d'intérêt pour Oyono, qui n'avait d'yeux que pour sa drogue. Il était tout entier acquis à son addiction. C'est la raison pour laquelle il fut pris au dépourvu. C'était au plus profond de la nuit, à une heure du matin environ. La lune brillait de mille feux, éclairant un ciel parfaitement dégagé après une importante et étonnante pluie pour un 2 juillet.

Alors qu'il était installé, comme à son habitude, sans grand confort sur son trône de béton, Oyono sursauta au son de ce qui ressemblait à un bruit de pirogue. Tel un animal traqué, il balaya frénétiquement du regard les alentours, se pensant pris sur le fait. Il scruta avec force les ténèbres lorsqu'il aperçut une scène qui semblait tout droit sortie d'un film de guerre. C'était un bateau pneumatique noir comme ceux qu'utilisent les militaires. Il se déplaçait à vive allure sur la rivière, dans le sens de la largeur, en produisant un bruit pas loin d'être sourd, ce qui avait de quoi surprendre compte tenu de la taille du machin. Il semblait avoir quitté Zug Island au nord et se rendait en territoire canadien au sud-ouest, à un endroit où il n'y avait que des herbes et de la vase. Étonnant !

Parce que la visibilité avait été rendue excellente par le ciel dégagé, Oyono parvint à distinguer des formes humaines à bord du pneumatique, huit au total. Compte tenu de sa trajectoire, le pneumatique allait passer à une dizaine de mètres de son poste d'observation privilégié. Subjugué par la scène, il était incapable de bouger, alors qu'un battement sourd dans sa poitrine lui indiquait qu'il ne devait pas rester là. Au fur et à mesure que le pneumatique se rapprochait, Oyono était en mesure de glaner plus de détails. Il se rendit compte que sept des individus embarqués étaient lourdement armés. Cette information estomaqua le jeune homme et le réveilla dans le même temps. Il chuta alors brutalement de son siège de béton, qui heureusement pour lui n'était pas particulièrement haut, mais suffisamment élevé pour que le bruit de sa chute retentisse tel un coup de feu par une nuit silencieuse. Il se passe que la pluie avait créé de petites flaques d'eau sur le sol. Traîtresses, elles produisirent le bruit que fait une grande éclaboussure. Instantanément, les formes à bord du pneumatique se mirent à leur tour à scruter l'obscurité de façon tellement coordonnée qu'on aurait pu penser qu'il s'agissait d'une chorégraphie. Plus tard, cela allait paraître étonnant pour Oyono. Comment comprendre que des individus qui se déplacent sur une rivière à bord d'une pirogue à moteur perçoivent le bruit que produit une éclaboussure à deux ou trois dizaines de mètres d'eux ?

Les formes à bord du pneumatique avaient aux yeux ces espèces de lunettes tactiques qu'arborent des commandos pour percer le voile de la nuit. Oyono entreprit de décamper au moment où la pirogue allait croiser, à une dizaine de mètres seulement, la perpendiculaire de l'axe de son siège de béton. Il espérait que les hommes à bord du pneumatique ne verraient qu'une forme paniquée qui s'enfuyait, mais c'était sans compter sur leurs lunettes tactiques et sur le fait que lui, Oyono, tout comme le personnage biblique ignorant les conséquences fâcheuses que peuvent avoir certaines actions, ne résisterait pas à l'idée de regarder derrière lui lorsque le bruit que produit le régime du pneumatique changea, s'apaisant. La pirogue était en train de s'immobiliser sur la rivière.

Oyono et les passagers du pneumatique se retrouvèrent à distance de duel. Il les distinguait désormais nettement. Une pensée terrifiante traversa l'esprit du Camerounais : « Qu'est-ce qui se serait passé si ces gens n'avaient pas été dans une embarcation ? » Il n'était pas nécessaire d'être un extralucide pour conclure que cette rencontre ne faisait pas leur affaire. En effet, les sept formes qui regardaient maintenant toutes dans la direction d'Oyono escortaient visiblement une huitième forme : un homme qui devait être un prisonnier vu qu'il avait les mains attachées dans le dos. « Pourquoi faire des choses pareilles au plus profond de la nuit s'il ne s'agit pas d'une entreprise criminelle ou de ce qu'on appelle une opération clandestine ? », se demanda Oyono, à qui la perspicacité ne faisait pas défaut.

Il faut croire que le fait d'utiliser son téléphone dans l'obscurité n'était pas encore venu à bout de ses yeux, puisqu'il distingua les traits de l'homme que l'on escortait. En dépit du fait que ce dernier avait les yeux bandés, Oyono détermina qu'il s'agissait sûrement d'un sexagénaire, un homme du Moyen-Orient. Il avait le visage fatigué et amaigri, ponctué par une épaisse barbe qui avait de quoi étonner, puisque son apparence contrastait avec la nuit. On aurait dit qu'elle n'était pas de la même nature que l'obscurité, comme si elle était rousse, ou peut-être grise[3].

La pétoche donne des ailes : osez désapprouver après avoir lu ce qui précède ! Après l'observation relative à la barbe du prisonnier, Oyono se téléporta, au figuré, et peut-être aussi un peu au propre, loin de ce lieu où tant de choses auraient très rapidement pu devenir incertaines. C'est avec pertes et fracas, et surtout avec le visage ruisselant de sueur, qu'il vint s'échouer dans la salle commune de Windsor Salt, qui servait de salle à manger au personnel. Heureusement pour lui, à ce moment précis, il n'y avait sur place que sa cheffe d'équipe. Le genre d'émotion que celle-ci lut dans le regard de l'exilé camerounais lui donna l'impression que ce dernier venait de croiser la route d'une créature

---

[3] Ici Oyono ! Je prie le lecteur de noter que l'histoire est ici prise en charge par le narrateur, qui est libre de raconter ce que bon lui semble sans m'en attribuer le mérite ou alors la culpabilité. Il a bien pris soin d'occuper la place des dialogues ici, parce que je ne vois pas comment il aurait pu me faire pondre un truc pareil. Prétendre que j'aurais reconnu une barbe parce qu'elle « n'était pas de la même nature que l'obscurité », ce n'est pas un peu prendre le lecteur pour une buse ? Il doit chercher quelque chose de plus solide, de plus vraisemblable, aurait dit l'autre. Cela dit, il est vrai que les traits du type en question sont bel et bien restés gravés dans mon subconscient. C'est la raison pour laquelle, moi, j'aurais plutôt insisté sur la cicatrice qui, partant de son œil gauche, lui balafrait le visage jusqu'à la bouche.

mythique du genre djoundjou kalaba[4], ou Mami Wata. Il ne donna pas d'explication sur les raisons de son attitude – qu'est-ce qu'il aurait bien pu inventer pour justifier sa présence au bord de la rivière Détroit à une heure aussi avancée de la nuit ? Cependant, sa cheffe d'équipe, une femme qui avait le cœur sur la main, eut vis-à-vis de lui, à partir de ce jour-là, plus d'égards encore qu'elle n'en avait eu jusque-là. C'est la moindre des choses que l'on puisse faire pour un homme qui donne l'impression d'être arrivé jusqu'aux portes de l'au-delà. Il paraît que c'est ce qu'on appelle l'empathie, à moins qu'il ne s'agisse plutôt de compassion.

---

[4] Monstre du folklore camerounais qui fait peur aux enfants et punit ceux d'entre eux qui agissent mal.

7. Agents « dormeurs »

Retour vers un moment quelconque du présent

Steven Norton pesta. Richard venait d'emboutir le véhicule d'Oyono. Voilà ce que l'on récoltait à abandonner ainsi des agents des années durant dans des postes où ils n'avaient pour seule mission que de se la couler douce. L'idée d'avoir des agents dormants, que Steven, qui ne manquait pas de sens de l'humour, qualifiait ironiquement de dormeurs dans le cas de Richard, n'était pas mauvaise en soi, pensait-il, mais à les abandonner ainsi, une année après l'autre, dans la même affectation, on prenait le risque qu'ils finissent par moins adhérer à la cause ou, dans le cas d'espèce, qu'ils se rouillent et deviennent incapables de missions aussi élémentaires que des filatures. Il avait très rapidement senti que le zèle de l'agent Richard pourrait poser problème, chose dont il n'avait absolument pas besoin vu qu'il n'était déjà pas en position de force au moment où il avait posé le pied en sol canadien.

Il est vrai que c'était toujours plus ou moins le cas lorsqu'une mission l'amenait à l'étranger. Cependant, contrairement à ce qu'il avait pensé au début de sa carrière, il était plus difficile d'opérer en territoire ami que dans un pays exotique avec lequel on était en conflit. Dans les pays éloignés où il était souvent envoyé, il était d'ordinaire possible d'obtenir à coups de dollars ce que l'on souhaitait ou de faire entrer ce dont on avait besoin. Tout cela était plus facile encore si les populations devaient y cravacher pour leur pitance. Il n'avait pas été possible, par contre, d'emporter tout le nécessaire en entrant au Canada, les amis du Sud n'ayant pas été informés de la nature des activités de Steven Norton sur leur sol. Il avait envisagé d'entrer de manière clandestine par la voie fluviale, mais des risques existaient et il valait mieux éviter de se faire prendre avec du matériel militaire, ce qui, cela va sans dire, aurait pourri la mission avant même qu'elle ait commencé. Une mission qui consistait à déterminer l'étendue d'un problème en lien avec la frontière.

Steven Norton était un homme dont le physique ne trahissait ni les qualités ni les attributions. Il n'était pas différent du Noir lambda, surtout lorsqu'il arborait, comme c'était souvent le cas, un jean *slim*, un chandail sans manche et une paire de mocassins. C'était un quadragénaire, mais ses traits fins pouvaient laisser penser qu'il était à peine trentenaire. Deux choses seulement pouvaient attirer sur lui une attention nécessairement fugace. Il avait un corps dénué de toute forme de gras, comme l'est celui d'un athlète de haut niveau. Il avait les cheveux coiffés en punk, une punk soignée de manière martiale, qui trahissait pour quiconque était doté d'un minimum de sens de l'observation une rare propension à la discipline.

Au moment où, quelques jours plus tôt, il avait franchi la frontière canadienne, il n'était qu'un simple officier de police américain qui venait à Windsor aider dans la coordination d'un événement. Le Tower of Freedom Underground Railroad, un monument de Windsor qui faisait pendant à Détroit au Gateway to Freedom Monument, avait été installé en 2001 par des descendants d'esclaves qui s'étaient réfugiés au Canada pour fuir des esclavagistes américains. L'anniversaire de la mise en place du monument était d'habitude l'occasion pour ces descendants, qui vivaient de part et d'autre de la frontière, de visiter les deux monuments. Leur nombre relativement important nécessitait un minimum de coordination entre les polices de Détroit et de Windsor. C'est la seule excuse qu'avait trouvée Steven Norton en si peu de temps pour justifier le franchissement de la frontière avec son arme de service. Une excuse qui ressemblait à un pari, puisqu'il se rendait à Windsor au mois d'août alors que l'événement n'avait lieu qu'en octobre. Steven Norton comptait à la fois sur le fait que durant les heures de grande fréquentation du tunnel Détroit-Windsor, les douaniers étaient moins exigeants, et sur l'idée que ces derniers ne savaient probablement que très peu de choses de l'histoire des Noirs de leur pays, comme c'était du reste le cas pour bon nombre de leurs concitoyens. Il eut raison de penser ainsi.

Une fois sur place, il entra en contact avec un individu qui s'était présenté sous le simple nom de Richard, un homme qui avait peut-être l'âge d'être son père. C'était un agent dormant qui était en poste depuis bientôt une vingtaine d'années. Cet homme qui détenait à la fois les nationalités américaine et canadienne avait grandi dans le Sud des États-Unis, mais avait été affecté, et peut-être un peu oublié depuis des lustres, à une mission permanente au sein de la police de Windsor. C'était au lendemain des attentats du 11 septembre. Les Américains avaient renforcé de manière considérable les accès à leur territoire. Ils désapprouvaient le fait que les Canadiens n'en fassent pas autant, leur reprochant ce qu'ils considéraient comme une espèce de candeur suicidaire.

À cette époque, il avait été demandé à des agents, dont les profils étaient plus ou moins semblables à celui de Richard, d'intégrer discrètement différentes entités canadiennes situées à proximité de la frontière entre les deux pays, et de vivre ensuite au Canada, comme s'ils s'y installaient de manière permanente. Ça ressemblait assez au genre de choses que l'on voit dans *Les Américains*, une série télévisée construite autour d'officiers du KGB formés durant la Guerre froide pour vivre aux États-Unis comme s'ils étaient de véritables citoyens du pays de l'Oncle Sam. La différence avec la manière dont les choses se passaient pour Richard était double. Tout d'abord, son affectation à lui correspondait à la vie réelle et non à une fiction et ça, c'était une différence de taille puisque, seconde raison, cela impliquait que la vie était beaucoup moins mouvementée à Windsor que dans la série. En fait, elle était même très ennuyeuse. Richard connaissait la nature du programme auquel il participait, mais ne connaissait aucun des autres agents qui étaient dans la même situation que lui. C'était une mesure de sécurité simple et élémentaire qui permettait d'éviter de faire dérailler le programme, mais la conséquence de cela était que Richard ignorait si les renseignements que ces derniers faisaient parvenir à la hiérarchie étaient d'une quelconque utilité. Il était par contre convaincu que les siens n'étaient que très peu souvent utiles. Logique ! Après tout, les *casus belli* ne sont plus monnaie courante entre le Canada et les États-Unis depuis belle lurette.

Quelques jours plus tôt, Steven venait de prendre son tour de garde devant l'immeuble d'Oyono lorsqu'il reçut l'appel dont il savait qu'il arriverait rapidement.

— Où en sommes-nous ? interrogea une voix au téléphone aussitôt que Steven décrocha, et sans la moindre forme de politesse.

— Je suis en place. La cible n'a pas bougé. Richard m'a fait son rapport. Il a pris le premier tour de garde. Il a été relayé par un de ses collègues qui lui devait un service. Ça fait deux heures environ que j'ai moi-même pris les choses en main.

— Je ne comprends pas. Pourquoi est-ce que vous êtes encore là-bas ? Il s'agissait simplement d'intercepter la cible et de s'arranger pour savoir ce qu'il y a à savoir.

— Exact ! Le problème c'est qu'il y a eu un imprévu. Je crois qu'à force de rester dans une affectation où il n'y a aucune action, notre homme a quelque peu perdu la main. Il m'a dit que la cible a été convoquée au poste de police avant qu'il ait eu le temps d'agir. Il allait quand même trouver le moyen de nous la livrer lorsqu'une jeune femme est intervenue et a tout fait capoter. Elle s'est...

— Ça ne m'intéresse pas ces histoires ! interrompit la voix au téléphone. Tout ce que je vous demande, ce sont des résultats, et le plus rapidement possible. Vous savez ce qui est en jeu. Si les choses devaient venir à se savoir, je peux vous assurer que le *watergate* ne serait que de la petite bière à côté. Nous devons savoir ce que la cible sait. En parlant de ça, qu'est-ce que vous avez raconté à Richard ?

— Rien ! répondit posément Steven, qui ne fit pas remarquer à son interlocuteur le caractère hautement écervelé de sa question. Ce n'est pas mon rôle. Il sait qu'on doit mettre la main sur cet homme. Il sait que c'est important. Il croit peut-être qu'il s'agit d'un de nos ennemis, c'est du moins l'impression que j'ai quand je vois sa trop grande hostilité.

— C'est un ennemi des États-Unis, éructa la voix au bout du fil.

— Mais… tenta d'intervenir Steven.

— Il n'y a pas de mais ! À cette heure, quiconque se met en travers de notre chemin est un ennemi des États-Unis. Ce qui est en jeu est beaucoup trop grand. Si ce que vous et moi savons s'ébruite, j'ai peur que le pays ne s'en relève pas. Et donc oui, traitez-le comme un ennemi de la nation.

Il marqua une pause avant d'ajouter, comme si cela n'allait pas de soi :

— N'attirez pas l'attention, mais agissez ! Plus rapidement vous l'aurez fait, mieux ça vaudra.

Steven Norton n'avait pas besoin qu'on lui rappelle ce qui était en jeu. C'était lui, et non cette merde de bureaucrate qui se prenait un peu trop au sérieux, qui était allé sur le terrain et qui avait piloté chacune des opérations des sources fantômes. Lui aussi, il avait sa tête sur le billard. Il avait lui-même recruté les hommes qui formaient son unité et qui étaient astreints à un niveau de confidentialité tel qu'ils avaient dû renoncer à toute forme de vie de famille. Un ostrogoth qui n'avait probablement jamais mis le pied sur le terrain n'avait pas besoin de lui dire ce qui était en jeu. Toujours est-il qu'il n'eut pas le temps de dire qu'il avait l'intuition que l'inspecteur Richard poserait quelques problèmes – qu'on devait rappeler à ce type qu'il n'était pas le titulaire de la mission, ce qu'il avait lui-même déjà fait en le remerciant pour son travail même s'il le pensait de piètre qualité – et que les actes d'un homme resté aussi longtemps au frais pourraient être de nature à compliquer les choses.

Steven Norton, qui ne s'appelait pas ainsi tous les jours de l'année, s'était engagé très jeune dans l'armée pour éviter de se laisser emporter par la vie de Détroit, mais également parce qu'il avait une gratitude infinie pour les États-Unis.

À sept ans, il était arrivé de Côte d'Ivoire avec sa famille en tant que réfugié. La vie à Détroit avait été loin d'être paradisiaque, mais Kolo Kouakou – son nom véritable, celui sous lequel on le connaissait lorsqu'il n'était pas en mission – chérissait avec force les idéaux de liberté d'un pays qu'il avait épousés corps et âme[5]. Il s'avéra excellent dans l'armée et conserva tout ce qu'il avait d'équilibre psychologique au terme de missions extrêmement difficiles, en Irak et en Afghanistan notamment. Des muscles hautement efficaces n'étaient pas ce qui manquait dans l'armée américaine. Des muscles capables de réfléchir, c'était autre chose. Quelques années après s'être engagé, Kolo Kouakou se retrouva au sein de la force Delta, et peu de temps après à la tête d'une unité qui n'avait théoriquement aucune existence. L'affaire était à ce point sérieuse que sa famille ignorait même qu'il était encore au service de l'armée. Elle se figurait qu'il était devenu un

[5] « Chérir avec force des idéaux de liberté qu'il avait épousés corps et âme » ? Est-ce que ce type connaît même vraiment le pays dont il est devenu l'un des bras armés ?

employé de bureau qui occupait une de ces fonctions ennuyeuses qui fait que les employés de bureau sont des employés de bureau.

Kolo Kouakou avait laissé le tour de garde à Richard. C'est du moins ce qu'il lui avait fait croire, parce qu'il avait une manière bien à lui de travailler. Une fois qu'une mission lui était confiée, il s'assurait qu'elle était menée à son terme de la manière la plus efficace possible, ce qui signifiait habituellement s'en occuper lui-même de bout en bout. Il était donc resté en retrait, filant Richard qui filait lui-même le jeune couple. Il ne fallut que peu de temps avant que l'agent dormeur ne se fasse démasquer, puisqu'il percuta le jeune couple. Il les avait suivis de trop près.

Le centre-ville de Windsor n'était pas connu pour être le lieu le plus sollicité de l'Amérique du Nord, mais cet accrochage eut tôt fait de créer un embouteillage. S'il n'était pas difficile de voir ce qui se passait, il était cependant impossible pour Steven de dire de loin ce que cela signifiait, puisqu'il avait laissé trois voitures entre celle de Richard et la sienne. Chose qui l'étonna, le jeune couple n'émergea pas immédiatement de son véhicule, comme font habituellement ceux qui dans pareille situation ont la conviction d'être dans leur bon droit. Richard resta lui aussi quelques instants dans sa voiture. Pour Steven, il était évident que dans son cas, c'était parce qu'il savait qu'il venait de se faire prendre.

— Vous êtes sérieux ? Olivia n'avait pas encore digéré

ce que venait de lui lancer Oyono, mais elle était parvenue à rassembler ses esprits et avait momentanément mis cela de côté.

Rechignant peu à dégainer, elle avait lâché le volant, était descendue de voiture et avait commencé à parler en se dirigeant vers le conducteur de l'autre véhicule, comme ferait toute personne qui se sait dans son bon droit, lorsqu'elle s'arrêta net. C'était comme si elle avait frappé un mur invisible. Son regard venait de croiser celui de l'homme qu'elle tentait d'éviter depuis plusieurs jours, cet individu dont les paroles lui avaient fait froid dans le dos. Ça ne peut pas être une coïncidence, pensa-t-elle. L'inspecteur Richard sortit lui aussi de sa voiture, affichant un étonnant air de confiance.

— Alors, comme ça on n'a pas que les fausses déclarations à se reprocher, on ne sait pas conduire non plus ?

Un sourire radieux s'affichait sur ses lèvres, c'était déconcertant.

— Pardon ? fulmina Olivia, qui n'avait jamais toléré ce genre de remarque tendancieuse. Vous vous foutez de moi, n'est-ce pas ? Vous nous avez cognés.

Elle savait que la vérité n'était pas aussi simple. Il paraît qu'on est toujours en tort lorsqu'on percute de l'arrière, mais il est vrai qu'elle avait freiné de manière trop agressive. Oyono, qui était jusque-là resté dans la voiture, assommé par ce qu'il avait lui-même réalisé, décida finalement, grand chevalier devant l'Éternel, de se lancer à la rescousse de son épouse par contumace. Mais ce fut pour frapper, comme elle avant lui, un mur invisible. Cet homme ne mentait pas quand il promettait de nous mener la vie dure, songea-t-il.

— Je crois bien que je vais vous faire embarquer, lança l'inspecteur Richard, qui se délectait à l'idée de mettre cette menace à exécution, même si aucun motif ne pouvait expliquer qu'il se réjouisse de la sorte.

— Vous ne ferez embarquer personne, lâcha Olivia. C'est vous qu'on devrait embarquer. C'est vous qui nous avez frappés.

— C'est vrai, vous l'avez fait, intervint Oyono. Et maintenant vous osez nous menacer ?

— Quel joli couple vous faites, mes mignons, railla-t-il. Je vais peut-être commencer à croire à votre petit manège. Vous avez beau être deux, je suis tout de même un officier de police, et vous savez ce qu'on dit, c'est votre parole contre la mienne. Il avait l'air de dire, en sous-texte, « Vous êtes faits comme des rats ». Il ajouta, *mezza voce* : et puis, je suis certain que si on fouille bien dans cette voiture, on va trouver de bons motifs d'arrestation. Je vous avais demandé de ne pas jouer à ce jeu, jeune femme.

— Il ne s'agit pas seulement de leur parole. Moi j'ai vu ce qui s'est passé. C'est vous qui les avez cognés.

Steven était ainsi, il réagissait toujours au quart de tour. Quelques secondes à peine après l'accident, après avoir pesté contre Richard, il s'était imaginé qu'il trouverait peut-être le moyen de retourner à son avantage la bourde de son collègue. Il s'était donc rapproché des protagonistes et tendait une perche au policier, en espérant que l'agent dormeur la saisisse.

— D'où est-ce que vous sortez, vous ? interrogea l'autre avec un authentique air de consternation.

— De Papouasie-Nouvelle-Guinée, répondit Steven, l'air moqueur, ce qui ne manqua pas de surprendre Olivia, mais plus encore Oyono, pour qui il n'était pas commun que l'on s'adresse de la sorte à un individu qui faisait partie de la police, compte tenu de la manière très peu pacifique dont les agents de police avaient tendance à se comporter au Cameroun. Est-ce que ce n'est pas évident que je sors de là ? s'étonna Steven, en désignant l'endroit où était stationné son véhicule. Il n'était en rien différent du quidam un peu zélé et à l'âme charitable.

— Et vous dites que vous avez vu quelque chose placé où vous étiez ? s'opposa Richard, qui n'avait pas compris qu'il fallait laisser Steven prendre la relève. Cette idée de laisser les agents dormants si longtemps en poste n'était décidément pas la trouvaille du siècle, songea l'Ivoirien d'origine.

— J'affirme que j'ai vu ce qui s'est passé, répondit l'autre de manière pour le moins autoritaire, avant d'enchaîner cette fois-ci de manière railleuse, et vous savez ce qu'on dit, n'est-ce pas ? C'est votre parole contre la nôtre.

À ce moment, Richard se comporta comme un prophète qui venait de réaliser que l'apocalypse dont il décrivait l'avènement imminent avait finalement été remis à plus tard. Tout compte fait, les deux voitures avaient à peine des égratignures, et il avait en plus eu la douteuse idée de se lancer dans cette filature avec un des véhicules banalisés de la police sans avoir au préalable obtenu d'autorisation. S'il avait fallu reporter l'accident à sa hiérarchie, il aurait été difficile d'expliquer la raison de son attitude.

— Allez-vous faire foutre tous autant que vous êtes, lança-t-il en fin de compte avant d'entrer dans sa voiture, de faire rapidement marche arrière et de partir en trombe, ce qui ne fut pas la chose la plus facile à faire, puisqu'un petit embouteillage avait déjà commencé à se former.

Des klaxons s'élevaient d'ailleurs depuis quelques instants, les autres conducteurs perdaient patience.

— Je ne sais pas comment vous remercier, fit Oyono, s'adressant à l'inconnu qui venait de les tirer du pétrin. Il devait avoir une bonne étoile. S'en sortir aussi facilement, deux fois en si peu de temps, c'était digne du Guinness des records.

— Pas besoin de me remercier. Je dois avouer que je n'étais pas trop sûr de moi. Je ne peux même pas dire que j'aie réellement vu ce qui se passait, mais je n'ai pas aimé son ton menaçant, fit-il avec le sourire le plus bienveillant qui fut. Et puis, je suis avocat. Je pense qu'on a toujours besoin d'un avocat, encore plus lorsqu'on se retrouve dans une situation comme celle dans laquelle vous étiez.

8. Mise en abîme

Quelques années auparavant

La première fois, ce fut en mai 2011, le premier de ce mois-là, au plus profond de la nuit. Le déploiement était considérable, mais la mission réelle ne concernait que six hommes, en plus de Steven lui-même. Les forces spéciales avaient eu trois mois pour préparer l'opération. Elles l'avaient répétée dans des conditions de réel sans commune mesure. Il avait fallu s'y atteler tellement de fois et avec une minutie telle que Steven l'aurait accomplie à moitié endormi.

En 2009, Steven avait intégré la force Delta depuis quatre mois seulement lorsque son colonel lui avait proposé de faire partie d'un projet unique, dont il disait lui-même ignorer la nature. Mes chefs, avait dit le colonel, m'ont fait savoir que « les gens de Washington » cherchent quelques hommes parmi les plus fiables pour possiblement mener des actions sporadiques. C'était volontairement évasif, mais une chose était certaine : il faudrait rester en alerte permanente, ce qui n'a rien de très humain, avait reconnu le colonel, dans l'attente d'une mission dont vous ne connaîtriez les détails qu'au tout dernier moment. Mais ils m'ont confié, avait-il ajouté, sachant sur quelle corde appuyer, que c'est la mission la plus patriotique dont vous pourriez jamais vous acquitter pour ce pays.

En mai 2011, à chaque instant de sa mission, Steven se souvenait des derniers mots de son colonel. Il était habité par l'idée de mener une mission sans commune mesure d'un point de vue patriotique. Peu après une heure du matin, trois hélicoptères Black Hawk noirs ultrasilencieux arrivant de la frontière afghane avaient déposé quatre unités de la force Delta, chacune composée de sept hommes, à Abbottabad, une ville riche et extrêmement agréable, située à cinquante kilomètres au nord d'Islamabad. Ils avaient posé le pied à deux cent trente-trois mètres très exactement d'une résidence fortifiée. Elle était plongée dans le noir, comme l'était la quasi-totalité des résidences à cette heure avancée de la nuit.

L'exécution de la manœuvre se fit de manière si coordonnée, de manière si martiale, que pas un chien n'aboya dans les alentours. La résidence cible était construite sur trois étages. L'unité que commandait Steven devait l'attaquer par sa face nord, la plus étendue et celle par laquelle on aurait pu le plus facilement se faire repérer. La partie la plus sensible du travail leur revenait donc. Leur objectif était deux chambres à coucher du milieu du troisième étage. Il n'aurait voulu, pour cette mission, personne d'autre que les six militaires qu'il avait lui-même choisis, parmi lesquels au moins deux à qui il aurait confié sa vie sans la moindre hésitation.

Deux minutes après l'atterrissage, de manière synchrone, chacune des unités enjambait de son côté le pan de mur qui allait lui permettre de pénétrer dans la résidence. Les choses avaient été pensées de manière à la fois extrêmement complexe et très simple. D'une part, la réplique qui avait servi pour les entraînements était en tous points identiques à la maison elle-même, dont les détails avaient été obtenus grâce aux données infrarouges d'un satellite. Tout avait été anticipé, de la vitesse du vent à l'intensité du bruit des bottes lorsqu'elles écraseraient le sol. D'autre part, il avait été convenu que le moyen le plus simple d'attaquer serait de quadriller la résidence, chaque point étant pris d'assaut par une équipe. Six autres unités étaient en attente à quelques kilomètres de là. Elles interviendraient en cas de besoin, même si la mission avait été prévue pour ne durer que quinze minutes environ.

À une heure quarante-quatre minutes très exactement, l'équipe B démonta au moyen d'une espèce de laser à fibre portatif – un appareil plus sourd encore que la plus sourde des personnes sourdes – une fenêtre située au rez-de-chaussée sur la façade est de la maison et pénétra. On disposait de tout ce qu'il avait été possible d'obtenir en termes de renseignements, mais personne n'aurait pu imaginer qu'un chat serait assoupi à proximité de la fenêtre, à une dizaine de pas de celle-ci, à l'endroit précis où un des soldats de l'équipe B posa le pied. Il piétina la queue du félin, un animal qui a la réputation d'être capricieux, et peut-être aussi de mauvaise foi, surtout lorsqu'on lui piétine la queue. Et donc, ses miaulements de douleur, plutôt des hurlements d'effroi, retentirent dans la pénombre silencieuse avec la puissance d'une frappe nucléaire. Comme s'ils attendaient ce signal, des corps se réveillèrent aussitôt. Ils se mirent instantanément en action : des coups de feu se firent entendre. C'était à croire que ces gens dormaient en étreignant des kalachnikovs. Ces coups de feu étaient certes dangereux, mais relativement aveugles puisque la maison était encore plongée dans une épaisse obscurité, une obscurité que la force Delta perçait sans difficulté grâce à des lunettes tactiques.

Steven avait évolué plus rapidement que l'équipe B à l'intérieur de la maison. Il était accroupi devant la porte de la deuxième chambre du troisième étage en partant de la gauche. Il en crochetait patiemment et silencieusement la serrure, ses hommes sur le dos. Deux secondes après les miaulements bruyants du chat, il avait décidé de changer de tactique. Un coup de pied qui ne tolérait aucune forme de refus fit voler la porte. Il se retrouva dans une chambre de taille moyenne au centre de laquelle trônait un grand lit. La chambre était sobrement décorée. Quelques tapisseries accrochées au mur, des livres ainsi que de la vaisselle posée sur une petite table basse. Elle contenait ce qui devait être des restes de repas de la veille. En temps normal, Steven aurait disposé de quelques secondes de plus pour effectuer une photographie mentale de la pièce. Ce n'était pas le cas cette fois. Le chat s'en étant mêlé, chaque seconde était désormais comptée, et ça, c'était au sens le plus littéral de l'expression.

Sur le grand lit qui faisait face à Steven était couché un homme avec une longue barbe dont on ne pouvait déterminer avec exactitude la couleur en se servant de lunettes tactiques. Des nuances étaient cependant perceptibles et faisaient penser qu'elle était poivre et sel. L'homme avait de longs cheveux de la même couleur que la barbe. Ils devaient d'ordinaire être cachés par le turban qui reposait sur la commode. Bien que son visage ne fut qu'à moitié visible en raison du fait qu'une des joues était cachée par le matelas, il n'y eut pas l'ombre d'un doute dans l'esprit de Steven. Il avait étudié dans le moindre détail des dizaines de photos et de vidéos de ce visage, qu'il n'était désormais plus loin de connaître aussi bien que son propre visage. Il s'agissait bien d'Omar Hamed Moctar, l'homme le plus recherché du monde et de l'histoire des États-Unis. En dépit de tout l'entraînement qu'il avait subi des années durant, il fut tout de même estomaqué, même si ce ne fut que le temps d'une fraction de seconde.

Quand on regarde des films, on croit toujours que tout dure une éternité. Dans les faits, il ne s'agit tout au plus que de quelques secondes, quelques instants que l'adrénaline change en minutes, en heures même. Entre le moment où le chat avait miaulé, celui où Steven avait défoncé la porte, et celui où la femme qui reposait à côté d'Hamed Moctar, le corps négligemment recouvert par un drap, avait tendu la main pour saisir, on aurait pu dire instinctivement, quelque chose dans la commode du chevet du lit, il ne devait pas s'être passé plus de sept secondes, mais ce fut suffisant pour que Steven percute. Hamed Moctar était couché à un mètre de lui, du côté gauche du lit. La femme était du côté droit. Il le saisit par les deux chevilles, l'attirant vigoureusement à lui en reculant, avec sur ses talons ses camarades. Au moment où Steven éjectait de la surface du lit son corps à moitié éveillé, Hamed Moctar tenta de se cramponner à quelque chose, mais ne put attraper que du vide. Conséquence : son bassin, son buste et sa tête percutèrent tour à tour le sol en reproduisant le bruit sourd de sacs de farine qui s'affaissent. À peine trois secondes plus tard, une explosion assourdissante retentit dans la chambre. Le lit venait d'être pulvérisé et il n'y avait déjà plus rien à récupérer de la femme. Omar Hamed Moctar, que Steven n'était pas parvenu à complètement soustraire, totalement arracher au rayon de l'explosion, y laissa le bras droit. Steven vit Moctar tenter instinctivement de porter ses mains à ses oreilles, compte tenu de la violence de la déflagration, et réaliser qu'il ne lui restait plus en guise de bras droit qu'un moignon ensanglanté. Steven le vit essayer, dans le tumulte qui s'en suivit, de percer de ses yeux l'obscurité pour identifier, sans y parvenir, la forme qui venait de se saisir de lui. Il faisait bien trop noir. Il perdit alors connaissance.

En quelques secondes, la maison était devenue un champ de bataille. Ça tirait avec une intensité soutenue, trop souvent à l'aveugle du côté des habitants de la maison, qui devaient avoir vu dans cette manière de faire la meilleure tactique pour éviter de se faire prendre avant d'avoir habitué leurs yeux à l'obscurité. Les éléments de la force Delta, pour leur part, ne paniquèrent pas un seul instant. Ils étaient coutumiers de ce type d'actions. Ils faisaient feu de manière sporadique, uniquement lorsque c'était nécessaire, éliminant une cible chaque fois qu'une balle était lâchée.

Escorté par l'ensemble de son unité, mais couvert de plus près encore par Jackson et Alicia qui mitraillèrent quelques masses au passage, Steven n'était tout acquis qu'à sa mission : extraire des lieux celui qu'on nommait au sein de son équipe depuis deux jours la cible zéro. La quiétude du quartier était troublée au moment où Steven et ses hommes se retrouvèrent à l'extérieur de la maison, comme en témoignaient les lumières qui provenaient de différentes maisons. Des coups de feu continuaient à retentir à intervalles réguliers, mais ils ne provenaient pas des armes des éléments de la force Delta, ces derniers se servant exclusivement de silencieux pour d'évidentes raisons tactiques. Le plan prévoyait que l'équipe de Steven serait la première à repartir. Seulement, et Steven avait encore du mal à le croire quelques années plus tard, l'hélicoptère qui devait les récupérer et qui venait d'atterrir dans une cour de taille moyenne dans la partie ouest de la résidence ne semblait plus vouloir coopérer. Nul n'aurait pu le prévoir, mais l'entraînement avait été à ce point mécanique et méticuleux que personne ne paniqua. On changea donc les plans, même si cela eut pour conséquence de s'exposer au feu nourri – se faire canarder aurait dit l'autre – d'individus qui venaient d'émerger de la résidence, avec à leurs trousses les éléments d'autres unités.

L'unité de Steven émergea du Black Hawk récalcitrant. Elle y laissa un Hamed Moctar toujours inconscient et sur lequel un garrot de fortune avait été pratiqué. Steven se mit à couvert, à une trentaine de mètres de l'appareil. Il était à peu près à mi-chemin entre l'hélicoptère et la maison. Il repéra un homme maigre et de grande taille qui fonçait dans sa direction, une kalachnikov à la main dont il se servait pour pulvériser l'appareil. Steven lâcha l'arme qu'il portrait en bandoulière, le cueillit au passage et se servit d'un couteau qu'il portait quelques instants plus tôt à la ceinture pour lui trancher la jugulaire. Ce fut rapide et net. Aidé de Jackson et d'Alicia, il déposa le corps à l'intérieur de l'appareil, en extirpa Omar Hamed Moctar et y mit le feu dans le but de déclencher un brasier, mais le feu fit acte de timidité, s'avérant bien plus petit que Steven ne l'aurait espéré. Il fit néanmoins l'affaire, puisqu'il défigura totalement la dépouille, la calcinant presque entièrement. Vous seriez surpris de voir à quelle vitesse un corps humain peut brûler. Certaines fois, ça ressemble à du papier.

À peine deux minutes plus tard, alors que la maison n'avait pas encore été nettoyée de tous ses habitants les plus problématiques, deux hélicoptères Black Hawk de secours arrivèrent à très court intervalle. Difficile de voir dans l'obscurité, surtout pour les pilotes de l'hélicoptère tombé en panne, qui avaient précipitamment abandonné leurs lunettes tactiques dans l'appareil en feu au moment de s'en extraire. Deux soldats émergèrent du premier hélicoptère de secours. Tandis que ceux-ci, tout à leur tâche, tentaient de mettre la main sur ce qui restait de la dépouille calcinée, Omar Hamed Moctar, toujours en vie, même s'il lui manquait désormais un bras, fut transféré de manière express, et on ne peut plus furtive, dans le premier hélicoptère de secours. Il aurait été impossible pour quiconque n'avait pas été associé à cette histoire de comprendre ce qui se jouait. C'était le chaos après tout, et Omar Hamed Moctar aurait tout à fait pu passer pour un soldat assommé, ou même mort. L'hélicoptère redécolla immédiatement avec à son bord Steven, ses deux compères ainsi que leur cible. Le second hélicoptère de secours se posa ensuite. On ne parvint pas réellement à dégager la dépouille incandescente, celle de l'homme dont Steven avait tranché la gorge. On rajouta alors du feu pour être certain que l'appareil serait complètement détruit, et ceci pour d'évidentes raisons de sécurité.

D'autres hélicoptères arrivèrent pour évacuer tous les éléments restants de la force Delta ainsi que les personnes qui avaient été faites prisonnières. Dans son ensemble, la mission dura un peu plus de dix-sept minutes. Les choses furent faites de manière si expéditive que certains dans le quartier ne découvrirent même ce qui s'était passé cette nuit-là que plus tard, en écoutant les informations. En écoutant les informations, parce qu'on allait apprendre deux jours après cette mission, par la voix du président américain, le chef du monde libre, que le jour même, les États-Unis avaient tué Omar Hamed Moctar, le terroriste le plus recherché de la planète.

9. Désenchantement perpétuel

De nouveau de retour vers un moment quelconque du présent

Richard, ou celui qui se présentait comme tel, était furieux. Il acceptait mal, du haut de ce qu'il considérait comme son âge vénérable, soixante-trois balais, tout de même, et de sa non moins vénérable expérience, qu'un homme qui aurait pu avoir l'âge d'être son fils vienne sur les lieux de son affectation, sur son territoire en somme, pour n'en faire qu'à sa tête.

Il était sur place depuis bien trop longtemps, connaissait les enjeux mieux que quiconque, et se figurait qu'on aurait dû lui confier, à lui, cette mission dont il ignorait pourtant tout. À aucun moment il n'avait été question de rapatrier le jeune homme qu'on lui avait demandé d'intercepter, mais il s'en foutait comme de sa première paire de chaussettes. Il s'imaginait que cet individu avait agi, d'une manière ou d'une autre, contre les intérêts des États-Unis d'Amérique, et cela lui suffisait amplement pour procéder de manière hostile. En fait, il était surtout excité à l'idée d'avoir enfin un peu d'action dans une ville qui ne lui en avait jusque-là jamais offert. À deux reprises déjà il avait été à deux doigts de coincer ce type. La première, une jeune femme était venue à sa rescousse de manière pour le moins improbable. Elle disait être son épouse. Les documents de l'état civil faisaient foi, mais le mensonge était évident, grossier même. On ne la faisait pas à un fin limier, un vieux de la vieille comme lui. Il aurait probablement pu en apporter la preuve, mais il aurait fallu pour cela accéder à des ressources pour lesquelles il n'avait aucune accréditation, n'avait obtenu aucune autorisation, et dont il aurait fallu justifier l'utilisation comme c'était du reste déjà le cas en ce qui concernait la voiture pour laquelle il avait pris des libertés, puisqu'il avait décidé de l'emprunter de la manière la plus unilatérale que l'on puisse imaginer. Il pensait une nouvelle fois lui avoir mis la main dessus, certes après une bourde, mais voilà que cet abruti d'agent sorti de nulle part venait de s'en mêler.

Richard avait en horreur cette caste, celle des agents non assignés, ceux qui n'avaient d'affectation qu'au fur et à mesure de leurs missions successives. Ils agissaient ni plus ni moins que comme des vedettes au sein des agences de renseignement. Il se racontait qu'ils avaient droit à toutes sortes de privilèges, qu'ils pouvaient accéder à des ressources illimitées et qu'on leur confiait toujours les missions les plus intéressantes, pour le plus grand malheur des agents dormants, qui devaient mariner dans leur jus dans l'attente de quelque chose qui n'arriverait sans doute jamais, encore plus quand on était affecté à un pays comme le Canada, qui était certes sécuritaire pour quiconque rêvait d'une vie plus ou moins normale, mais qui était d'un ennui mortel pour celui qui aspirait à un peu d'action.

Une fois parti de l'endroit où il avait eu son accrochage avec Olivia et Oyono, Richard continua à vive allure vers le nord, brûlant au passage deux feux rouges sans cependant s'inquiéter des carambolages et des scènes d'action à grand renfort d'effets spéciaux qu'il aurait causé si tout ça s'était passé à Hollywood. Il se stationna sur Riverfront, en face de la ville de Détroit, devant la rivière du même nom. La vue de l'eau avait toujours eu sur lui un effet apaisant, une des rares choses de la région dont il lui avait fallu reconnaître les bienfaits au fil du temps. En plus de l'apaiser, l'eau lui permettait de réfléchir. Et donc, réflexion faite, il lui apparut qu'il fallait agir autrement : obtenir un appui, même approximatif, mais obtenir tout de même un appui qui lui donnerait une plus grande marge de manœuvre. Richard sortit son téléphone. L'eau agissait. Il savait quoi faire. Il composa un numéro. Cinq sonneries plus tard, une voix crépitait à l'autre bout du fil.

— Pourquoi est-ce que vous m'appelez, il y a une urgence ?

Le moins que l'on puisse dire, c'est que la voix à l'autre bout du fil était inamicale.

— Euh, hésita Richard un instant, en fait c'est à vous de le déterminer. Votre homme ne fait pas les choses bien comme il faut. Il n'agit pas aussi vite qu'il le faudrait. Je ne comprends pas ce qu'il essaie de faire.

L'autre marqua un instant de silence avant de lâcher quelque chose qui résonna comme une claque.

— Vous n'avez pas à comprendre. Ça ne fait pas partie de vos attributions. Tout ce qu'on vous demande, c'est de vous acquitter de la tâche qui vous a été confiée.

Autant lui demander d'aller se faire foutre. C'est très précisément le genre de discours que Richard détestait entendre. Il haïssait les bureaucrates de Washington presqu'autant que les agents volants. Ces énergumènes n'avaient de respect pour personne. Gougnafiers de première, ils ignoraient tout ou presque de la réalité du terrain, de ses difficultés, de sa complexité, de ses embuches. Pourtant, ils se plaisaient à donner des ordres à longueur de journée et montraient peu d'égard, pour ne pas dire du dédain, vis-à-vis des gens qui devaient exécuter lesdits ordres, et qui faisaient l'essentiel de ce qui leur permettait ensuite d'être assis dans des bureaux cossus. L'interlocuteur de Richard était-il vraiment assis dans un bureau cossu ? L'homme de Windsor ne se posait pas réellement la question et n'aurait su quoi faire de la réponse, d'autant qu'il se foutait royalement de la réponse en question.

— Mais, vous voulez que les choses avancent ou pas ? Je peux aider, je ne demande que ça, mais votre homme va tout faire foirer.

— Je vous ai demandé de m'appeler lorsqu'il y a une urgence, et là vous me sortez d'une réunion pour vous plaindre de quelqu'un qui ne mènerait pas à bien une mission dont vous ignorez tout. On vous avait demandé une seule chose : vous assurer d'identifier un individu en particulier, et trouver le moyen de le mettre à la disposition de mon agent. Votre tâche à vous n'est pas accomplie, mais vous lorgnez sur le travail de quelqu'un d'autre. Puisque vous insistez, dites-moi ce que vous proposez.

— Renvoyez-le et confiez-moi la mission.

— Hors de question ! trancha avec une fermeté non feinte la voix au bout du fil. Vous avez vôtre rôle à jouer et lui le sien. Autre chose ?

— Dans ce cas, donnez-moi un peu de marge de manœuvre, répondit Richard, sur un ton que l'on pouvait soupçonner d'avoir vocation à susciter la pitié. Je ne sais même pas clairement ce que je suis censé faire. Vous m'avez demandé de l'interpeller sans me donner plus de détails.

— Vous étiez censé le remettre à mon homme, je viens de vous le dire. C'est tout ce que vous devez savoir. C'était cela votre mission et vous avez échoué.

Même pas foutu de s'acquitter d'une tâche aussi simple, songea-t-il à ajouter, mais il parvint à s'en abstenir. Essayer de rester un minimum courtois.

— Je ne peux pas vous laisser dire ça. J'étais à deux doigts de le coincer, mais il y a eu un imprévu.

— Et vous vous demandez pour quelle raison on confie certaines missions à certaines personnes et pas à d'autres ? C'est précisément parce qu'avec certains il n'y a pas d'imprévu possible. Écoutez, vous me faites perdre mon temps. Je vous l'ai dit, j'étais en pleine réunion lorsque vous avez appelé. Il y a des choses importantes à gérer ici.

Richard se rendit compte qu'il détestait plus encore qu'il ne le pensait ce demeuré qui se croyait le centre du monde. « Il y a des choses importantes à gérer ici ». Et puis quoi encore ? Il l'aurait volontiers traité de fils de pute s'il avait été certain que cela ne lui aurait pas ensuite coûté ce qui lui restait de carrière.

Richard fit appel à toutes les réserves de flegme dont il disposait, entreprenant de jouer les pleureuses plus encore qu'il ne l'avait fait jusque-là.

— Donnez-moi au moins un peu de marge de manœuvre, je vous en prie !

— D'accord, céda l'autre. Mon homme a l'habitude de s'occuper de ce genre de mission en solo et de toutes les manières, il n'accepterait pas de travailler avec vous, parce qu'il a ses hommes de confiance. Je dois cependant reconnaître une chose, le terrain vous est familier. « À la bonne heure, enculé ! », commenta le visage silencieux de Richard qui s'éclaira d'un léger sourire. Si vous êtes capable de le surveiller sans vous faire remarquer et de glaner le plus d'informations possibles, allez-y. Mais je vous interdis d'intervenir, crut-il bon d'ajouter.

— Qu'est-ce que j'y gagne ? interrogea le plus naturellement du monde l'homme de Windsor.

— Pardon ?

L'homme que Richard s'imaginait assis à Washington dans un bureau cossu ne faisait pas semblant de tomber des nues.

— Est-ce qu'il y a quelque chose à la clé ?

— Vous êtes un animal d'un genre particulier, vous ! Je vous rappelle que c'est vous qui m'avez téléphoné. Est-ce que ce n'est pas vous qui offrez vos services ? demanda-t-il, des fois qu'il aurait halluciné.

— Il n'empêche que ça peut me rapporter quelque chose, non ? Vous êtes quelqu'un de haut placé.

C'était de la flagornerie, c'était trop évident, et c'était un pari risqué. Richard se figurait que l'homme était quelque part à Washington, mais c'était à peu près tout. Non, il ne savait rien de sa position – non, rien de rien[6] – et n'aurait pas pu dire quel poste il occupait, encore moins s'il était véritablement plus haut placé qu'un autre. Tout ce que Richard savait, c'est qu'il recevait ses ordres de lui.

— Si vous êtes arrivé jusque-là, poursuivit néanmoins l'agent dormeur, j'imagine que c'est sans doute parce que vous avez su tirer votre épingle du jeu. Vous pouvez comprendre que quelqu'un d'autre veuille en faire autant, non ?

---

6 Les manies de ce narrateur ont de quoi exaspérer.

— Vous ne savez absolument rien de moi, cingla l'interlocuteur de Richard. Cela dit, je comprends que ce n'est pas le genre de choses qui vous arrête. D'accord ! Qu'est-ce que vous voulez ?

— Pas grand-chose. Une fois cette mission terminée, je veux être affecté à autre chose. Quelque chose de plus intéressant.

— Qu'est-ce que vous reprochez à votre coin ? Il y en a qui tueraient pour une affectation pareille. Vous êtes pénard à mener une vie sans stress aux frais de l'Oncle Sam.

— C'est justement cela le problème. Lorsque je me suis engagé, je n'avais pas l'intention de mener une vie « sans stress aux frais de l'Oncle Sam ». Il avait dit cela avec un tel dégoût que c'était perceptible dans sa voix. Je veux de l'action. Je veux me sentir utile.

— Ok. Agissez donc et on verra. Avec minutie, je précise.

Nathan Brooks fulminait. Il n'avait pas été loin de ponctuer de quelques formules fleuries de son cru l'interaction avec l'autre zozo, qui se figurait qu'il servait à quelque chose. Il avait connu quelques casse-couilles dans son genre, ils l'insupportaient au plus haut point. La férocité avec laquelle il avait mis un terme à l'appel confirma à l'homme assis en face de lui que son irritation n'était pas feinte.

— Je vois que vous avez encore quelques petites choses à apprendre de moi, Nathan.

L'homme devait être dans le milieu de la soixantaine. Il avait un sourire charmeur et énigmatique qui ressemblait d'assez près à celui d'un ancien président américain qui n'avait pas été loin de se faire éconduire pour une histoire de braguette incandescente.

— Il y a quelque chose à tirer de chaque situation, même de celles qui paraissent les plus désespérées.

Nathan Brooks n'était pas certain de comprendre à quoi son interlocuteur faisait allusion.

— Qu'est-ce que je vais bien pouvoir tirer de cette situation alors que le temps presse ?

— Justement, qu'est-ce que vous pouvez tirer de cette situation ? Ce n'est pas à moi de répondre à cette question, mais à vous de trouver la solution à votre problème.

— À notre problème, corrigea Nathan.

— Si vous voulez, concéda son interlocuteur. Je vous précise toutefois que c'est votre tête qui est sur le billard, pas la mienne. Vous le savez, je suis beaucoup trop près du sommet de la pyramide. On dira, pour éviter que la merde ne remonte, que je ne suis pas un homme de terrain, mais un politique, ce qui est du reste vrai.

— Pourtant vous et moi savons qu'on ne peut pas à ce point minimiser votre contribution.

— C'est certain. Est-ce que c'est juste ? Je suis le premier à reconnaître que non, mais les choses sont ainsi faites. La vie est laide et vous le savez depuis que vous avez commencé à gravir les échelons. Vous n'êtes pas un musicien, vous n'allez pas changer le monde[7]. Il faut une chaîne de responsabilité, je ne vous apprends rien. Une chaîne qui puisse être rompue en cas de besoin. Mais ce n'est pas de cela qu'il est question. Il s'agit de trouver le moyen de faire souffler le vent dans votre sens.

Nathan posa son regard sur la photo de son fils. Elle trônait sur le coin droit du petit bureau qu'il occupait dans l'immeuble de la NCS[8]. Il était né trois ans plus tôt. À ce moment-là, quelque chose avait changé dans la manière dont Nathan voyait le monde. Pendant des années, il n'avait œuvré que pour gravir les échelons, mais à la naissance de son fils, ses priorités avaient évolué sans même qu'il ne le réalise. Il n'aspirait désormais plus qu'à une chose, passer le plus de temps possible à la maison. Il était une des seules personnes au monde à connaître l'existence des sources fantômes qu'il était chargé de coordonner depuis quelques mois. Il pensait être à quelques jours de passer le dossier à quelqu'un

---

[7] Il faut ici marquer une pause pour douter de ce qu'affirme le personnage à moins qu'il ne s'agisse de l'auteur : peu importe. Quiconque a un peu de culture musicale sait qu'il fait allusion à Changer le monde, un album de Gage, un artiste canadien d'origine haïtienne qui chante en français. Qui peut raisonnablement croire qu'un gros poisson américain a ce genre de référence musicale ?

[8] La National Clandestine Service est l'une des principales branches de la CIA. On la connaît également sous le nom de Direction des opérations.

d'autre, ce qui lui aurait permis de solliciter une affectation autrement plus bureaucratique, lorsqu'une faille s'était produite. Quelqu'un avait peut-être vu quelque chose. Aucune erreur n'étant permise, il avait envoyé à Windsor un agent pour déterminer si cet individu, qui s'était probablement trouvé au mauvais endroit au mauvais moment, représentait un danger réel. On ne savait pas ce qu'il savait, mais il fallait s'assurer que jamais rien ne serait révélé de ce qu'il savait s'il s'était avéré qu'il avait su quelque chose. Nathan ne voulait pas être celui qui provoquerait l'effondrement de cette entreprise titanesque.

L'idée de soustraire certains des plus grands terroristes aux yeux du monde en les faisant passer pour morts était ingénieuse. Elle permettait aux services de renseignement d'accéder à des sources d'information inépuisables loin du regard inquisiteur des organisations, qui disaient défendre les droits humains, mais qui faisaient toujours semblant de ne pas comprendre que les droits humains étaient un luxe dont on ne pouvait se permettre de débattre que lorsque la sécurité était assurée, une sécurité qui était loin d'être une affaire de gamins. C'est du moins ce que pensaient bon nombre de ceux qui étaient au cœur de ce programme.

— Je vais braquer les projecteurs sur lui. S'il en sort quelque chose de positif, c'est tant mieux et il sera assez facile de lui offrir ce qu'il demande.

— Et s'il y a un couac ? interrogea l'homme au sourire charmeur et énigmatique, qui ressemblait d'assez près à celui d'un ancien président américain que sa braguette avait pour ainsi dire perdu.

À cette question, le bureau, que Richard s'imaginait comme cossu, devint plus petit encore qu'il ne l'était déjà. C'était une pièce qui faisait tout au plus la taille de deux cubicules. Des murs n'avaient été érigés qu'en raison du caractère ultrasensible de certains des dossiers sur lesquels travaillait Nathan. L'endroit était à l'image du parfait bureau du fonctionnaire gouvernemental. Dominance de gris et de noir. Une chaise pour Nathan, une autre pour un invité potentiel, ce qui indiquait que les apartés étaient d'ordinaire de rigueur. Bien entendu, ce bureau n'avait rien à voir avec l'idée que s'en faisait Richard, loin s'en faut.

— S'il y a un couac, je coupe la corde. Il ignore tout de moi et on pourra toujours dire que c'est un agent qui a perdu la tête.

— Vous commencez à comprendre. Je vous le répète, il y a toujours quelque chose à tirer de chaque situation, même de celles qui semblent les plus désespérées.

Nathan, qui n'avait jamais été tout à fait cynique, supportait de moins en moins cette attitude depuis la naissance de son fils. Ça ne lui convenait plus de traiter chaque personne qui croisait son chemin comme un objet jetable, une espèce de pion que l'on pouvait déplacer à sa guise sur un échiquier. Le problème avec les politiques dans ce pays, pensa-t-il, c'est qu'ils sont pour la plupart des denrées périssables. Leur influence passe au fur et à mesure des administrations qui se succèdent.

Les agents et les fonctionnaires ne peuvent pas, eux, se délester des affaires courantes. Certes, quelques années plus tôt encore, son interlocuteur faisait partie à part entière de la NCS ; certes, il avait agi auprès de lui comme l'aurait fait un mentor, mais il était désormais également du côté de la Maison-Blanche. Il n'avait plus à y montrer patte blanche. Pour le compte de qui est-ce qu'il agissait désormais ? Nathan n'aurait pas su le dire. Ce qu'il savait par contre, c'est qu'il devait s'en référer à lui. Il était son seul et unique contact à la Maison-Blanche.

10. Abonnés aux ennuis

Oyono avait les nerfs à vif. C'était beaucoup trop pour un seul homme. D'abord les menaces venues du pays ; il avait ensuite frôlé la déportation – une improbable rescousse – après s'être fait arrêter par cet homme à l'acharnement soviétique et, clou du spectacle : la découverte d'aptitudes à la médiumnité ou quelque chose dans le genre, puisque cela seul pouvait expliquer ce qu'il pensait avoir vu un peu moins d'un mois plus tôt.

Au moment où ils étaient entrés dans l'appartement, Oyono s'était rué dans la chambre à coucher, où il s'était enfermé. Une attitude qui avait étonné Olivia, puisque son mari par contumace n'entrait plus beaucoup dans cette chambre depuis quelques jours, la lui laissant la quasi-totalité du temps, comme en témoignaient les vêtements qui avaient été soigneusement pliés et qui reposaient sur un coin de canapé.

— Il faut qu'on parle. Tu n'as rien dit depuis que nous sommes remontés en voiture.

Olivia, qui avait attendu quelques minutes, pensant

qu'il ressortirait de la chambre à coucher, était de l'autre côté de la porte.

— Tu ne peux pas me balancer quelque chose comme ce que tu m'as dit et venir te barricader ensuite, poursuivit-elle.

Silence.

— J'espère que tu te souviens que je suis moi aussi embarquée dans cette histoire. J'ai de plus en plus peur, et toi, tu n'arranges rien. C'est vrai qu'on se connaît depuis peu de temps, mais je pensais qu'on avait appris à se faire confiance.

Elle avait touché une corde sensible.

— Je suis accro au porno, lança Oyono, qui entrouvrait en même temps la porte.

Olivia, on l'aura compris depuis le temps, n'est pas du genre à se faire rabattre le caquet. Elle resta pourtant bouche bée. C'était comme si une espèce de bug s'était produit dans son esprit. L'absurdité de cette situation lui apparut avec force détails. Voilà un homme qu'elle ne connaissait encore ni d'Ève ni d'Adam une semaine plus tôt. Elle avait pourtant tout risqué pour lui et cohabitait même avec lui, alors qu'il était probablement un pervers, du calibre de ceux que des enquêteurs chevronnés et talentueux au possible coursent dans des séries du genre *Esprits criminels*. « Quel est ton problème Olivia ? » s'admonesta-t-elle *in petto*.

— Je suis désolé de te balancer ça. Je ne te demande pas d'y répondre. Je sais que ça peut faire peur, mais tu n'as pas à avoir peur.

« Le salaud, il sait quoi dire pour rassurer. Est-ce que ce n'est pas par hasard un des points forts des pervers et des sociopathes ? » s'interrogea Olivia à part elle.

— Je veux être le plus honnête possible avec toi, vu tous les sacrifices auxquels tu as consenti. Tu es la première personne à qui j'en parle. Je me suis enfermé dans la chambre parce que c'est habituellement mon réflexe dans les situations de stress. Je me réfugie dans le porno. Je suis tétanisé en ce moment et je pensais il y a quelques secondes seulement à me tourner vers le porno, mais bizarrement le cœur n'y est pas. J'ignore si c'est ta présence qui à cet effet sur moi.

Olivia était pantoise. Elle n'était pas tout à fait certaine qu'il s'agissait d'un compliment. Cela aurait bel et bien été le cas qu'elle n'aurait pas non plus été certaine d'en avoir envie, et elle ne comprenait toujours pas le rapport entre la très salace confession qui venait de lui être faite et ce dont il aurait dû être question.

— Peux-tu t'asseoir s'il te plaît, fit-il en esquissant un pas en direction d'Olivia, qui recula instinctivement. Ce n'était pas tant la révélation de l'addiction au porno qui avait provoqué cette réaction que l'ensemble de l'œuvre.

Elle s'extirpa du petit couloir dans lequel ils se trouvaient et alla s'installer sur le canapé au salon.

— Pour commencer, je voudrais que tu saches que je ne te ferai jamais de mal. Je n'en ai jamais fait à personne et je te suis bien trop redevable pour ça. En plus, en dépit de ce que je t'ai dit, je suis certain que tu sais toujours, quelque part dans un coin de ta tête, que tu peux avoir confiance en moi, comme moi je sais que j'ai confiance en toi. Mais ce n'est pas cela le plus important. Ça me prend souvent de vouloir regarder du porno durant mon quart de travail. À ces moments-là, je m'éloigne de l'usine, et je vais quelque part à côté de la rivière, à un endroit d'où on peut apercevoir Zug Island. Il y a plus ou moins un mois j'étais là-bas en pleine nuit quand j'ai vu des hommes dans une pirogue, comme celle que l'armée américaine utilise dans les films. Ils étaient armés jusqu'aux dents. Il faisait nuit, et il y avait une grande obscurité, mais je peux te jurer que j'ai aperçu dans la pirogue l'homme qu'on a vu tout à l'heure.

— Qui ça, le policier qui nous suit depuis des jours ? interrogea Olivia, qui, sans le réaliser, s'était levée en parlant et s'était rapprochée de l'homme d'*Esprits criminels*.

Oyono resta figé quelques secondes. D'où provenait cette question ? Il s'imagina que, comme ce fut le cas pour lui quelques minutes plus tôt, la vérité était massue, écrasante. Elle l'était à un point tel que le cerveau de son épouse de fait se refusait à l'encaisser.

— Non, fit-il posément. Je te parle de ce type dont le président américain a annoncé la mort tout à l'heure. Je peux te jurer que je l'ai vu dans cette pirogue. Il avait l'air d'un prisonnier escorté par des hommes qui étaient armés jusqu'aux dents.

— Câlisse ! éructa Olivia, chez qui remontait avec

puissance le plus distinctif des marqueurs de son identité québécoise lorsqu'elle était face à l'indicible.

Oyono ne s'en offusqua pas, à la fois parce qu'à cette heure un juron était probablement la chose la moins susceptible de choquer l'esprit humain, et aussi parce que, n'étant pas très imprégné de la culture canadienne-française[9], il n'avait tout simplement pas compris ce qui lui sembla être une interjection, à moins, pensa-t-il, qu'il ne s'agisse d'une onomatopée.

Priso débarqua sur ces entrefaites. Il n'avait pas sonné et ne s'était annoncé d'aucune manière. C'était du reste toujours ainsi qu'il agissait lorsqu'il arrivait chez son ami, qui lui avait pourtant fait remarquer qu'il faudrait plus d'égards, au moins tant qu'Olivia serait dans les parages. Cela dit, Oyono ne s'en formalisa pas. Il avait bien d'autres choses à contempler. Il fit un portrait rapide de la situation à Priso, se gardant bien d'évoquer la partie relative aux productions interdites aux mineurs, sachant qu'il en entendrait parler des années durant s'il avait le malheur de faire cette révélation à son ami.

— Bon sang, c'est ça ! s'exclama Priso, aussitôt qu'Oyono eut terminé.

[9] Ça existe encore cette histoire-là ? Il me semble que les Québécois ont décidé de faire bande à part depuis des lustres, non ? Et puis, Denise Bombardier n'a-t-elle pas décrété la mort du français dans le Canada hors Québec ? Oui, je sais, je suis de mauvaise foi !

— Qu'est-ce qui est ça ? interrogea son ami.

Olivia était toujours beaucoup trop estomaquée pour réagir.

— Tu fais exprès ou quoi ? Je t'ai dit que cet homme ne pouvait pas te viser avec autant d'énergie pour rien. Je ne croyais pas trop à l'hypothèse du racisme. Ça aurait été trop gros. Et donc, c'est simple, tu t'es fait griller.

— Comment ça ? marmonna un Oyono au bord de l'apoplexie.

— Ils ont su que c'était toi au bord de la rivière et ils essaient de te mettre la main dessus. Je pense que l'affaire du mariage est un concours de circonstances dont ils ont essayé de se servir pour t'alpaguer. La police ne dépenserait jamais autant de ressources pour ce genre d'affaire, un truc sans grande importance.

— Mais, comment est-ce qu'ils auraient pu savoir que j'étais là-bas ? C'était en pleine nuit.

— Au fait, tu faisais quoi là-bas en pleine nuit ? interrogea Priso, qui ne manquait pas de flair.

— Tu crois vraiment que c'est le moment pour poser ce genre de question ? parvint à bafouiller Oyono, dont le regard honteux évitait soigneusement de croiser celui d'Olivia.

— Laissons tomber, répondit l'autre au grand soulagement d'Oyono, qui connaissait l'esprit retors de son ami. Pour revenir à ce qui nous préoccupe, je ne peux pas répondre avec certitude à ta question, mais j'ai plusieurs hypothèses qui me paraissent toutes pouvoir expliquer la situation. Tout d'abord, tu me parles de gens très lourdement armés qui détiennent un homme que le monde entier pense mort. Tu crois que ces gens ont des problèmes de moyens ? Je mettrai ma main au feu qu'ils ont une technologie qui leur permet de détecter ou, je ne sais pas moi, identifier des signaux précis dans des endroits précis. Ensuite, tu parles de gens qui se déplaçaient dans le noir. Et tu expliques toi-même qu'ils avaient le genre de lunettes qu'on voit dans les films. Si tu es parvenu à apercevoir certaines choses dans la pénombre, tu dois bien te douter que c'était plus facile encore pour eux. Pour finir, je suis prêt à parier, s'il ne s'agit d'aucune de ces deux premières hypothèses, que tu as perdu quelque chose quand tu t'enfuyais.

— Hein ?

— Ouais ! On n'y pense pas souvent mais c'est le genre de choses qui arrivent tout le temps lorsque quelqu'un s'enfuit.

Il n'était pas loin de s'exprimer avec l'éloquence, la conviction et l'érudition de celui qui a soutenu une thèse sur le sujet.

— Tu es parti dans la précipitation, en rampant même tu dis. Tout plein de honte, et donc la queue entre les jambes, aurait-t-il pu ajouter. Dans ce genre de situation personne ne s'assure que tout est en place, il faudrait être un...

— Merde ! Tu as raison, interrompit Oyono. Je me souviens maintenant que j'avais un parapluie que je ne me rappelais pas avoir laissé là-bas.

— Tu vois ! fit Priso, qui se prenait de plus en plus pour un enquêteur de haut vol. Avec tous les outils dont ces gens disposent, c'était probablement un jeu d'enfant de te retrouver grâce au parapluie en faisant une analyse ADN, ou quelque chose dans le genre. Mais, dis-moi, embraya Priso, qui savait reconnaître un filon lorsqu'il en voyait un, et qui tentait également de détendre l'atmosphère, tant pis si cela se faisait aux dépens de son ami, tu dis que tu faisais quoi déjà sous la pluie, en pleine nuit, au bord de la rivière ? Tu ne ferais pas par hasard des sacrifices humains du genre transactions illicites avec Mami Wata ?

— Il n'a jamais dit qu'il était sous la pluie, mais qu'il avait un parapluie, trancha Olivia, pour éviter à Oyono une humiliation. De toutes les manières, on n'a pas le temps de parler de ça maintenant, continua-t-elle. Si tout ce que tu dis est vrai, c'est que cette histoire nous dépasse, et de très loin. Je ne sais pas comment nous allons pouvoir échapper à ça, mais ce qui est sûr c'est qu'on ne peut pas parler à la police, parce qu'au mieux on nous prendra pour des fous, au pire c'est la police elle-même qui nous mettra hors d'état de nuire vu qu'un de ses éléments est déjà après nous.

— Bien vu, lança Priso. Je crois qu'on pourrait faire une bonne équipe de détectives toi et moi.

— Priso ! c'était Oyono. Ce n'est vraiment pas le moment de rigoler. Essaie pour une fois de prendre les choses au sérieux et réfléchissons à une solution.

Pourquoi est-ce qu'on n'irait pas voir les médias ?

— L'idée n'est pas mauvaise, intervint Olivia, mais même si je ne suis pas journaliste au sens le plus strict du terme, je fais quand même la pige dans un petit journal. Je peux déjà te dire que ça ne marchera pas. Qu'est-ce qu'on va leur dire ? Que tu as vu un fantôme il y a un mois environ ? Parce que c'est de cela qu'il s'agit. Tu as vu un homme qui n'avait aucune raison logique de se trouver là où tu dis que tu l'as vu. C'était dans la nuit, sous la pluie, à une certaine distance et en plus tu n'as aucune preuve de ce que tu avances. Ça ne servirait strictement à rien.

— On pourrait publier ça sur les réseaux sociaux, non ? interrogea avec hésitation un Oyono qui devait lui-même se douter de l'absurdité de sa proposition.

— En quoi est-ce que tu serais différent des milliers de personnes qui chaque jour publient toutes sortes de choses loufoques en ligne, ces gens qui voient des complots partout ? répondit instantanément Olivia. Je dois avouer que c'est parce que beaucoup trop de choses s'enchaînent depuis que je t'ai rencontré que je crois en ce que tu racontes. Non ! Sur les réseaux sociaux tu serais un complotiste parmi d'autres. Mais j'y pense, pourquoi est-ce qu'on n'en parlerait pas à l'avocat ? Il a été gentil et il nous a donné son contact.

— Quel avocat ?

Cette partie de l'histoire n'avait pas encore été racontée à Priso. Oyono se fit un devoir de l'affranchir.

— Compte tenu de la gravité de la situation, c'est

peut-être la seule option qui vous reste, concéda Priso. S'il ne sait pas à qui s'adresser il pourra peut-être donner quelques conseils juridiques, parce que quelque chose me dit que cette histoire est considérablement plus grosse que ce qu'on pense.

Il avait dit « considérablement » en articulant grossièrement et en ponctuant son verbe d'une gestuelle censée dénoter le caractère hautement sensible de la situation que validait par ailleurs son choix d'adverbe.

Troisième partie : Extra omnes ![10]

[10] Il paraît que c'est la sacro-sainte formule en vigueur au Vatican, le siège de la très peu catholique Église catholique, pour foutre tout le monde dehors : demander à chacun de s'occuper de ce qui le regarde.

11. La fabrique des émotions

— Lorsque je vous ai donné mon contact, je ne m'attendais pas à ce que vous me téléphoniez aussi rapidement. J'espérais même que nous n'auriez pas besoin de moi.

— C'est bien la première fois que j'entends un avocat dire ce genre de choses, rétorqua Priso qui, à l'instar d'Olivia, était parfois sans filtre.

En dépit d'une situation qui semblait pressante, les trois jeunes gens s'étaient donné jusqu'au lendemain matin pour être certains qu'il fallait bel et bien parler à l'avocat. Aucune autre option ne s'étant offerte à eux, comme on aurait pu s'y attendre, ils avaient pris rendez-vous avec lui. Le faux avocat les attendait au sud-est de l'intersection des rues Lauzon et McHugh, à quelques pas de l'endroit où un important développement immobilier résidentiel était en cours.

Lorsqu'ils arrivèrent tous les trois, au volant de la Honda Civic de Priso, pour qui la voiture d'Oyono n'offrait désormais plus aucun avantage, du moins pas stratégique, et après de nombreux détours que Priso, qui devait se prendre pour un agent secret, avait improvisés pour, disait-il, « larguer toute possibilité de filature », l'avocat les attendait devant un immeuble de deux étages dont on voyait très bien qu'il venait tout juste de sortir de terre. Fait qui attira immédiatement l'attention de Priso, la Mercedes aguicheuse sur laquelle était adossé l'avocat, et qui devait donc logiquement être la sienne, était la seule berline dans le stationnement de l'immeuble, tous les autres véhicules étant des camions comme on en trouve d'ordinaire dans ce qui, à certains égards, ressemblait encore beaucoup à un chantier de construction. Une plaque indiquant « Norton Law » était la seule qui figurait sur la façade à l'entrée de l'immeuble. L'avocat improvisé avait dû agir de manière extrêmement rapide dans une ville qui n'était pas son terrain de jeu habituel.

— Ça fait quelques semaines seulement que nous sommes installés ici. Les cartons n'ont pas encore été totalement ouverts. C'est le bordel là-haut. Excusez-moi de vous accueillir dehors, reprit l'avocat qui avait volontairement ignoré le commentaire de Priso, mais qui s'était demandé à part lui qui pouvait bien être cet oiseau.

— Et donc depuis des semaines vous recevez vos clients dans le stationnement ? interrogea Priso, qui ne s'en laissait pas conter et qui ne gardait pas les choses pour lui, contrairement à l'homme de droit de pacotille.

Il était difficile de dire si son attitude était attribuable à une quelconque forme de suspicion ou s'il éprouvait simplement du plaisir lorsqu'il mettait ses interlocuteurs en difficulté, d'autant qu'il avait validé l'idée de rencontrer l'avocat.

— Tu arrêtes avec ça s'il te plaît ! intervint Oyono.

— Écoutez, continua Steven, qui ne semblait pas le moins du monde perturbé par les propos de Priso, et qui commença à affecter des airs de désintérêt, c'est vous qui m'avez téléphoné. J'ai peut-être eu tort d'intervenir et de vous donner mon contact. Si c'est ce que pense votre... vous êtes qui d'ailleurs ? interrogea-t-il négligemment.

— Je suis le cerveau de l'affaire, par ailleurs meilleur ami du couple Tchakounté ! fit Priso le plus sérieusement du monde avec dans l'attitude et la voix ce qui semblait être une pointe de défiance, et aussi de fierté.

Une goutte de sueur perla sur le front d'Olivia. Soit elle avait oublié qu'elle avait été mariée par contumace soit, et c'était plus probable, son nouvel ami ne cessait de lui prouver qu'il était un individu d'un genre à part, un drôle d'animal aurait dit l'autre.

— Cher monsieur « cerveau de l'affaire, par ailleurs meilleur ami du couple Tchakounté » – ça puait le sarcasme –, je n'ai pour habitude de traiter qu'avec mes clients, c'est-à-dire les personnes directement concernées par les affaires qu'on me soumet, encore que dans le cas qui nous occupe, je ne saurais dire s'il s'agit de potentiels clients ou de simples personnes que j'ai voulu aider, visiblement pour mon plus grand malheur.

Au moment de dire « pour mon plus grand malheur », il y avait eu dans sa voix une inflexion dramatique comme ce qu'on voit au théâtre.

— Je suis vraiment désolée, Olivia voulait mettre un terme à ce qui allait bientôt commencer à prendre des allures de farce alors que l'heure était grave. Le type s'exprimait un peu comme Oyono à ses meilleures heures, constata-t-elle au passage. Notre ami est un peu stressé ces derniers jours, continua-t-elle, d'ailleurs nous le sommes tous. Il n'a rien contre vous, n'est-ce pas Priso ?

Elle avait parlé en se positionnant de manière à servir à Priso un profil qui disait quelque chose du genre « Continue tes guignoleries, la suite c'est la potence ». Nul besoin de plus de verbe que ça. Son intervention contraignit Priso au silence, ce qui ne fut pas pour déplaire à Oyono.

Steven fit celui qui ne pensait qu'à se rendre utile dans une affaire d'incident routier, mais se montra disposé – tu m'étonnes ! – à offrir son soutien juridique lorsqu'Olivia et Oyono lui annoncèrent qu'ils faisaient face à un problème de plus grande importance encore que l'affaire de l'accident de voiture.

Pour une raison qu'il n'aurait pu expliquer, Priso voulait demander à l'avocat quel secteur du droit était sa spécialité, mais il savait qu'Olivia ferait feu sur lui. Il s'était mis de côté, avait commencé à faire les cent pas lorsque son regard se porta accidentellement sur une

Chevrolet Cruze vert sombre. Elle n'était en rien différente des autres Chevrolet Cruze d'une ville qui devait en compter des dizaines, compte tenu de l'importance de ce constructeur automobile dans la région. Elle n'aurait donc pas dû attirer l'attention. Ce qui interpellait, cependant, c'était la manière dont elle était stationnée, à plus ou moins deux cents mètres d'eux, de façon très peu sécuritaire, non loin de l'endroit où la rue Lauzon rattrapait Lauzon Parkway, avec sa devanture en direction sud, ce qui aurait offert à toute personne assise à l'intérieur du véhicule un point d'observation de choix. Priso, qui en plus de tous ses autres défauts, n'était pas connu comme le plus grand expert en cette délicate matière qu'est la subtilité, et qui se méfiait de tout depuis que son ami était abonné aux ennuis, commença à marcher en direction de la Chevrolet Cruze, écarquillant les yeux comme le ferait un albinos ébloui par le soleil alors que la journée ne s'y prêtait pas vraiment.

Il devait être en train de se demander si les films qu'il venait de commencer à se faire dans sa tête étaient des documentaires ou des fictions. Il était à moins d'une centaine de mètres de la voiture de marque américaine lorsqu'elle démarra tout à coup, exécuta une manœuvre à vive allure comme on en voit qu'à Hollywood, et peut-être aussi un peu à Nollywood – du genre *Rapides et dangereux* – pour se retourner en direction nord, manqua au passage d'emboutir le véhicule d'un citoyen qui, lui, respectait tout à fait le code de la route, et mit les voiles. Une fraction de seconde, c'était peu mais suffisant pour permettre à Priso d'identifier l'homme à bord de la Chevrolet : c'était l'un de ceux qui surveillaient le jeune couple. Jeune couple qui n'avait rien remarqué de ce qui venait de se passer parce qu'obnubilé par sa conversation avec l'avocat qui, bien que lui aussi visiblement absorbé par la même conversation, n'avait pourtant rien manqué de la scène.

— On part ! explosa Priso.

Ce n'était ni une demande ni une suggestion.

— Qu'est-ce qui te prend encore ?

Olivia était quelquefois du genre à démarrer au quart de tour. Elle pouvait donc comprendre que quelqu'un d'autre en fasse autant, mais elle commençait à perdre patience vis-à-vis de son ami de quelques jours. Oyono, par contre, n'hésita pas un seul instant. Il connaissait beaucoup trop Priso pour savoir que ce dernier n'aurait pas agi avec autant d'impétuosité si la situation ne l'avait pas commandé. Il traîna délicatement Olivia par le bras tout en s'excusant.

— Je suis vraiment désolé. On vous rappelle, c'est promis. Nous devons d'abord régler quelque chose.

À peine furent-ils entrés dans le véhicule qu'Olivia explosa.

— Tu es devenu fou ou quoi ?

— Qu'est-ce que vous lui avez raconté ? Priso semblait ne pas se rendre compte de l'effet que son attitude avait eu sur la jeune femme.

— Je commence franchement à en avoir marre de vos salades. Je prends des risques pour ton ami, mais pour toi rien n'est jamais suffisamment sérieux.

— Qu'est-ce que vous lui avez raconté ? tonna Priso, qui ignorait pour la deuxième fois, et en quelques secondes à peine, la jeune femme. Il roulait à vive allure vers le sud de la ville.

— Pour commencer, tu te calmes ! intervint Oyono. Tu penses qu'on aurait pu dire quoi avec le cinéma que tu as fait. Olivia lui a dit que quelqu'un nous surveille. Elle voulait...

— Est-ce que vous lui avez parlé du terroriste ? gronda Priso plus qu'il n'interrogea.

Ce gars est incorrigible, songea Oyono. Je me demande comment j'ai fait pour être ami avec lui aussi longtemps. Quant à Olivia, elle le soupçonnait désormais d'être instable, et c'était un euphémisme.

— Non ! laissa tomber Oyono, qui espérait que ce qui suivrait justifierait l'attitude de son ami.

— Vous n'avez pas vu ce qui s'est passé, mais quelqu'un nous observait dans une voiture, de l'autre côté de la rue. C'était le policier. Quand il s'est rendu compte que je l'avais repéré, il s'est enfui.

— Et alors ? Ça fait des jours que nous savons qu'il nous suit non ?

Vu que les réflexions de Priso ne s'étaient pas toutes avérées insensées jusque-là, Olivia décida de donner une chance au coureur.

— N'oublie pas que nous sommes sortis avec ma voiture aujourd'hui. Le but c'était de nous rendre moins repérables. Vous allez me répondre qu'on a quand même pu nous suivre. Je ne le pense pas. Je vous rappelle que j'ai tout fait pour éviter cela. Mais bon, supposons qu'on soit tout de même parvenu à nous suivre, ou même que l'on ait mis un traceur sur mon véhicule, ce qui est impossible vu que personne n'aurait pu savoir qu'on prendrait ma voiture, expliquez-moi pourquoi la voiture en question était déjà sur place quand nous sommes arrivés ?

— Quelle voiture ? interrogea Oyono.

— Tu veux que je te fasse un dessin ? Je parle de la Chevrolet, celle qui nous surveillait. Vous autres vous ne faites attention à rien. Il arrivait souvent que Priso se prenne pour le grand frère, à moins que ce ne fut pour un guide. Au moment où nous sommes arrivés j'ai rapidement regardé les alentours, c'était plus un réflexe qu'un acte conscient, je dois le reconnaître. C'était facile de repérer cette voiture qui était trop mal stationnée. Tout le monde peut mal se garer pour quelques instants, mais aussi grossièrement durant plusieurs minutes, sachant que la police peut débarquer à tout moment et que d'autres conducteurs peuvent s'énerver, je ne pense pas. Je crois que la seule raison pour laquelle il pouvait être stationné là-bas, c'était pour nous observer ou du moins pour observer l'avocat, puisque la voiture était déjà là lorsque nous sommes arrivés.

— Tu veux dire qu'ils ont aussi commencé à suivre l'avocat, c'est un peu rapide, non ?

Oyono pensait sans le dire que son ami devenait un peu paranoïaque.

— Non, ce n'est pas ce qu'il veut dire. Ce qu'il pense c'est qu'ils sont de mèche, interpréta Olivia, qui était tout à coup un peu moins contrariée.

— Non, ce n'est pas possible, ce serait plus fou encore. Ce n'est pas de ça que tu voulais parler, n'est-ce pas ? demanda Oyono, qui n'était pas loin d'implorer. Craignant la réponse de son ami, il espérait vraiment que ce ne soit pas le cas.

— Elle a raison. C'est très exactement ce que je pense. C'est cela ou alors ils ont mis ton téléphone sur écoute. J'imagine que les gens qui sont derrière tout ça ont beaucoup de moyens et peuvent faire à peu près ce qu'ils veulent, mais on est encore dans un État de droit. S'ils t'ont mis sur écoute, ils hésiteront sans doute à épier tes conversations avec un avocat. Quoi qu'il en soit, et dans un cas comme dans l'autre, il faut qu'on réfléchisse encore à cette histoire d'avocat.

— Et en attendant ? On va continuer ainsi jusqu'à quand ? Je ne suis pas retourné au travail depuis plusieurs jours. Olivia a mis sa vie entre parenthèses. Ça ne peut pas continuer comme ça éternellement.

— Il a raison, contra Olivia, à la surprise de son mari par contumace. On doit mettre au clair cette histoire. Le moyen le plus simple pour commencer c'est de vérifier l'identité de l'avocat.

Cette fois-ci, ils décidèrent de se rendre chez Priso, ce qui, pensaient-ils, leur donnerait un peu de répit. Contrairement à Oyono, Priso logeait en résidence universitaire, puisqu'il en était à sa quatrième année d'études. La chambre qu'il occupait était, comme toutes les chambres d'étudiant, très sobrement meublée et ressemblait par certains aspects à une cellule de prison. Olivia comprit pour quelle raison Priso passait autant de temps chez Oyono. C'était bien plus confortable et moins impersonnel.

Quelques recherches rapides en ligne permirent d'établir qu'il n'y avait aucun avocat nommé Steven Norton dans la ville. Il n'y en avait même aucun inscrit au barreau de la province. Il y avait bel et bien un avocat nommé Steven Norton, mais à moins d'avoir le don d'ubiquité et plus encore, il ne pouvait être en même temps à Windsor et en Angleterre, être noir et blanc, être à la fois dans la trentaine et avoir 77 ans.

Quelque chose d'autre renforça les suspicions de Priso. Lorsqu'il raccompagnait Olivia et Oyono, il décida sur un coup de tête de repasser par l'intersection de Lauzon et McHugh. La plaque portant l'inscription « Norton Law » avait disparu. Inutile de préciser que la Mercedes était elle aussi aux abonnés absents.

— Vous disiez que vous l'avez rencontré comment déjà, votre avocat ? interrogea-t-il.

12. Cul-de-sac

Steven venait d'être mis aux arrêts. Ça ne devait pas être chose courante que de voir un individu qui se présentait comme un officier de police, et qui en plus était censé n'être présent dans un pays qu'à titre d'invité, agir comme il l'avait fait. Il était entré plutôt posément dans le poste de police. Richard devisait à l'accueil avec un collègue. Il agissait avec la plus déconcertante des tranquillités d'esprit, un peu comme s'il s'agissait d'une journée ordinaire dans la vie tout aussi ordinaire d'un policier on ne peut plus ordinaire.

Sans prononcer le moindre mot, sans le moindre avertissement, Steven Norton, qui s'appelait réellement Kolo Kouakou dans la vraie vie, s'était précipité sur Richard et lui avait fait une balayette aussi spectaculaire qu'olympique et efficace. Richard avait les deux mains posées sur le comptoir devant lui. Il descendit pitoyablement à la renverse telle une poupée vaudou qui virait au rouge au fur à mesure qu'elle s'enfonçait dans sa chute. Sa tête était à deux doigts de heurter le sol lorsque Steven le récupéra de la main droite par le col de sa chemise, ce qui avait de quoi surprendre, puisque la quasi-totalité du poids de Richard reposait dans ce col. Il était alors dans une étonnante position, pas tout à fait debout, pas tout à fait couché, encore moins affalé. De sa main gauche, Steven lui assena deux gifles à la fois violentes, nucléaires et humiliantes, comme celles qu'on administrerait à un gamin turbulent. Il ponctua son geste d'insultes, dont la majeure partie était en lien avec les appareils génitaux des parents de Richard, que Steven n'avait jamais rencontrés et ne connaissait même aucunement d'ailleurs. Les claques n'avaient pas été portées avec la même intensité que si Steven avait été en face d'un ennemi qu'il lui aurait absolument fallu terrasser. Elles étaient cependant suffisamment appuyées pour faire passer un message à Richard.

— Fils de pute, est-ce que je ne t'ai pas demandé de rester en dehors de mes affaires ?

Cette attitude, d'autant plus inhabituelle qu'elle se produisait au sein d'un commissariat de police, prit de court les trois policiers qui étaient dans la salle d'accueil. Ce fut plus encore le cas de celui qui discutait gaiement avec Richard quelques secondes auparavant. Il leur fallut donc huit secondes environ avant de sortir de leur torpeur, ce à quoi il faut ajouter à peu près quatre secondes encore avant de s'interposer, le temps pour le visage de Richard de pleinement virer au rouge puisqu'après les deux premières gifles, Steven s'était fait un devoir d'en administrer quelques-unes de plus.

Richard ne se fit souffleter tout au plus qu'une dizaine de secondes, mais ce furent des secondes marquantes, des secondes d'anthologie.

Comme il fallait s'y attendre, l'agent secret se fit un peu rudoyer. Il passa ensuite près de quatre heures de temps en garde à vue pour avoir refusé d'expliquer les raisons de son comportement. De son côté, Richard fit celui qui avait été victime d'un acte à la fois arbitraire et injuste, mais refusa catégoriquement de porter plainte en arguant, grand seigneur, que sa conscience lui interdisait de poser quelque acte qui aurait eu pour conséquence de nuire à la carrière d'un collègue policier.

Steven put sortir en début de soirée. Il eut largement le temps en cellule de réfléchir à la première chose qu'il ferait une fois libéré. À peine eut-t-il quitté sa cellule qu'il passa un appel. Il fallait remettre les pendules à l'heure. Il ne laissa pas le temps à son interlocuteur de tenter de le mettre sur la défensive comme il en avait l'habitude.

— Allo !

— Vous êtes au courant que vous et cet enfoiré de Richard avez fait échouer ma mission ?

— Oh là, c'est pas une façon de parler ça.

— Je vous parle comme je veux Brooks, espèce d'incapable.

Il y eut un silence à l'autre bout du fil.

— Eh ouais Nathan. Vous vous figurez peut-être que je ne sais pas qui vous êtes et que vous allez pouvoir vous asseoir dans votre cubicule de merde et me dire comment faire mon travail ? Est-ce vous savez seulement que je suis affecté à ce programme depuis plus longtemps que vous ?

Le silence se prolongea, signe que l'autre avait été pris au dépourvu.

— J'aime pas qu'on se foute de ma gueule. On m'a confié une mission que j'ai bien l'intention d'accomplir, mais impossible de travailler sereinement avec cet enculé d'agent dormeur que vous m'avez foutu dans les pattes. J'étais à deux doigts de tout boucler quand il a tout fait capoter. La manière d'agir de ce mec me fait penser que quelqu'un lui a donné l'impression qu'il pouvait se comporter de la sorte. Si j'apprends que cette personne c'est vous et qu'à cause de cela je suis incapable de mener ma mission à son terme, vous verrez que je peux parler à des gens bien plus haut placés que vous.

Il raccrocha sans donner la possibilité à Nathan Brooks de dire s'il avait ou non donné sa bénédiction à Richard et conduisit en direction sud afin de se rendre dans l'appartement qu'il louait, pour réfléchir quelques instants à la suite des choses.

Pour ses missions, Steven considérait qu'il était toujours plus pratique de louer un appartement qu'une maison ou une chambre d'hôtel. L'hôtel n'était pas suffisamment pratique, notamment pour aller et venir avec du matériel. Les maisons étaient dans des quartiers et dans les quartiers, il y avait des résidents d'un certain âge dont l'activité première consistait à épier les voisins à longueur de journée.

Lorsqu'il arriva à la hauteur de Ouellette et Érié, la circulation était à l'arrêt. Le déploiement de gyrophares était important. Il aurait tout à fait pu s'agir d'un incendie, mais le nombre de véhicules de police déployés pour une ville de la taille de Windsor laissait penser qu'il s'agissait de tout autre chose, un crime sans doute.

Après avoir attendu en vain une dizaine de minutes que le bouchon se décante, et faute de pouvoir franchir la rue Érié pour continuer en direction sud, ni de pouvoir faire marche-arrière, Steven manœuvra laborieusement pour entrer dans une station d'essence située du côté nord-ouest de l'intersection et qui abritait un Tim Hortons. Il avait besoin de se poser un instant, de réfléchir calmement à une improbable prochaine étape, quelque chose de plus utile que son coup de fil à Nathan Brooks, maintenant que Richard lui avait officiellement mis des bâtons dans les roues : l'habitacle d'une voiture n'était pas le lieu indiqué pour ça.

Il venait à peine de s'installer à une table quand il surprit un brin de conversation entre deux employés, qui n'étaient de toute évidence pas en pause, mais qui agissaient comme si c'était le cas. C'étaient deux jeunes qui avaient l'âge d'être à l'université.

— Je comprends mais ce n'est tout de même pas la fin du monde, déclara un des employés, qui répondait à ce que lui avait dit son collègue, mais que Steven n'avait pas entendu.

— Rien ne t'inquiète jamais toi. Tu crois que la vie

est belle et que tout le monde est gentil. Tu vas finir par déchanter un jour.

— Je ne suis pas naïf. Je sais qu'il y a des problèmes. Mais il y en a ici comme partout ailleurs et même sans doute moins ici qu'à d'autres endroits. Ce que je dis c'est que tu regardes un peu trop de vidéos et elles te montent à la tête. Chaque fois que tu as du temps libre c'est pour regarder ces idioties de *true crime*. Le monde est plus sûr aujourd'hui qu'il ne l'était il y a cinquante ans, par exemple, mais quand on regarde la télé ou qu'on va sur internet, on a l'impression que c'est l'Apocalypse.

— Tu veux dire que ce qui s'est passé là est un fantasme ? rétorqua le deuxième employé. Je te ferai remarquer qu'il ne s'agit pas d'une vidéo monsieur l'expert des comportements humains, mais bien de la réalité.

— Je n'ai pas dit ça. Un meurtre s'est produit. C'est dramatique. On est d'accord. Mais toi, sans même savoir ce qui l'a motivé, tu sais déjà que c'est un symptôme de la violence qui explose dans la ville et qu'il va bientôt falloir se barricader. Tu vas toujours chercher trop loin. Ce que tu fais là on appelle ça du charlatanisme.

Ce commentaire arracha un petit sourire à Steven, qui partageait cette opinion. En homme de terrain qu'il était, il savait mieux que quiconque à quoi ressemblait la réalité. Certes, les menaces, lorsqu'elles existaient, étaient considérables, plus périlleuses en somme, mais elles étaient en ce moment numériquement moins importantes. « Allez essayer d'expliquer ça à une chaine d'info en continue », observa-t-il pour lui-même.

— Toi qui es si intelligent, pourquoi tu ne dis pas de quoi ce meurtre est le nom ? opposa l'employé qui pensait que le monde était au bord du cataclysme.

— Je ne veux pas faire comme toi et tomber dans des certitudes bancales, contra intelligemment le premier employé. D'après ce que je sais, c'est un immeuble dans lequel il y avait des bureaux. Il me semble même qu'il y a un journal à l'intérieur du bâtiment. Et donc, si je dois faire des conjectures...

Au mot « journal », Steven cessa d'écouter. Il venait d'avoir une intuition. Il sortit de la station d'essence et se rendit de l'autre côté de la rue, là où se trouvaient les voitures de police, tout juste en face d'un immeuble de trois étages. Bien qu'il ne fût pas en territoire américain, Steven joua tout de même de l'insigne. Il paraît que les policiers se considèrent comme une race à part entière et qu'ils sont enclins, peu importe l'endroit du globe où ils se trouvent, à accorder quelques faveurs à ceux qu'ils reconnaissent comme étant des leurs. Le service que demandait Steven n'avait en l'occurrence rien de bien compliqué. Les badauds ne pullulaient pas dans la ville, mais les protocoles prévoyaient des cordons de sécurité et des agents en faction. Steven se fit affranchir par celui en poste à l'entrée de l'immeuble. Deux heures plus tôt environ, un agent d'entretien avait retrouvé le corps sans vie d'une femme dans les bureaux du *Témoin*, un petit journal sans importance.

L'intuition de Steven se renforça. *Le Témoin*, ce n'était pas la première fois qu'il entendait ce nom. Il le retourna dans sa tête à quelques reprises sans se souvenir de la raison pour laquelle le nom ne lui était pas étranger. Il feuilleta alors un petit carnet de notes qu'il avait toujours dans la poche arrière droite de son pantalon, et dans lequel il inscrivait des détails, notamment ceux en lien avec le portrait psychologique des personnes qu'il était amené à fréquenter pour le compte de ses missions. Ce n'était certes rien de particulièrement sensible, pour le cas où il aurait perdu le carnet ou que celui-ci se serait retrouvé entre de mauvaises mains, mais Richard et Nathan Brooks auraient sans doute été intéressés de savoir quelle idée il se faisait d'eux. Au détour d'une page, Steven retrouva ce qu'il cherchait. *Le Témoin*, c'était le nom du journal pour lequel la jeune femme travaillait de temps en temps. Steven se doutait un peu, comme Richard, qu'il y avait probablement quelque chose de louche dans l'histoire de mariage entre Olivia et sa cible, mais cela lui importait peu, tout aussi peu que ce qu'elle faisait de sa vie, même s'il avait noté ce détail pour être certain d'avoir le portrait global de la situation. Ça ne peut pas être une coïncidence, pensa-t-il.

Le policier affranchisseur ajouta que la femme en question avait probablement joué de malchance. Selon ce qu'avait expliqué l'agent d'entretien, les bureaux étaient toujours vides à partir du début de l'après-midi. Une des hypothèses était alors qu'elle était restée plus longtemps que prévu sur place ou, plus probable encore, qu'elle était revenue chercher quelque chose qu'elle avait oublié et avait surpris quelqu'un à l'intérieur. Elle avait alors été étranglée.

Steven pesta après être revenu dans sa voiture. Cela compliquait considérablement la situation. Il n'était déjà pas facile d'opérer dans une ville où l'absence d'informel empêchait de se frayer un chemin à coup de bakchich, il serait plus difficile désormais de travailler sachant que la police allait être sur le coup.

Les problèmes des uns n'étant pas ceux des autres; Oyono, à peu près au même moment, était non pas contrarié, mais bien en proie à une frayeur qu'il avait du mal à contrôler. Il tambourinait de nervosité le sol de l'appartement. Ça faisait une vingtaine de minutes que ça durait. Olivia aurait déjà dû être de retour. Il avait essayé de la décourager, lui expliquant en quoi il était imprudent de sortir, seule en plus, à cette heure de la nuit, mais quand la jeune femme se mettait une idée dans la tête, il était impossible de la dissuader. Elle pensait au contraire qu'il était plus efficace de sortir seule une fois la nuit tombée, songeant que les personnes qui les surveillaient ne s'attendraient pas à cela. Compte tenu de tout ce qui s'était passé jusque-là, elle voulait trouver le moyen de rendre leurs actions moins vulnérables. Elle avait donc décidé de se rendre au journal pour emprunter une clé RPV[11].

---

[11] Réseau privé virtuel. VPN en anglais.

Oyono voulut consulter Priso, si possible l'envoyer à la place d'Olivia, mais ce dernier, qui était retourné sur le campus après les avoir déposés, ne décrochait pas son téléphone. Olivia non plus. Après avoir attendu près d'une heure de temps, n'y tenant plus, il décida de sortir. Moins au fait que Priso des techniques à mettre en œuvre pour casser une filature, il partit à pied et sans détour en direction du journal. Dès l'intersection de Ouellette et Wyandotte, ce fut la congestion. Il se félicita de n'avoir pas pris sa voiture. La police était toujours dans les parages. Oyono arriva devant le journal au moment même où la police sortait un corps de l'immeuble. Il était impossible d'identifier la personne, mais trois choses au moins étaient certaines : tout d'abord, il s'agissait d'une dépouille puisque le drap étendu sur le corps le recouvrait entièrement ; ensuite, il ne pouvait s'agir que d'une femme compte tenu des protubérances au niveau du haut du corps qui faisaient penser à des seins ; enfin, et c'était cela le plus tragique, il s'agissait d'une femme noire. C'était incontestable, même vu de loin, puisqu'au moment de faire entrer le corps dans une ambulance, un bras avait échappé de la surface du brancard en raison d'un mouvement de civière involontaire. Cela dura quelques secondes seulement, mais ce fut suffisant pour terrifier Oyono.

Il repartit en larmes vers son appartement. Il avait la vue brouillée. Toutes sortes d'idées se bousculaient dans sa tête. Tout à coup, il fut transi de froid et affligé par la culpabilité. Il appréciait chaque jour un peu plus cette jeune femme qui venait de perdre la vie parce qu'elle lui était venue en aide. La situation était désastreuse, désespérée. Et Priso qui était toujours injoignable.

Il ne s'arrêta de courir qu'à l'entrée de son immeuble. Au moment où il arriva à la porte de son appartement, il n'était habité que par deux sentiments : la tristesse et la frayeur. La tristesse céda un instant l'entièreté de sa place à la frayeur, qui atteignit son paroxysme. La porte était rabattue, mais pas fermée à clé, alors qu'il était certain de l'avoir fait avant de sortir. Quelqu'un s'était introduit chez lui. Cette personne était encore peut-être sur place. La première pensée qui lui traversa l'esprit fut celle de prendre la fuite, mais il se ravisa. Prendre la fuite pour aller où ? Chez Priso ? C'était le seul endroit où il pourrait se rendre, mais cela signifierait le mettre lui aussi en danger. Il n'en était pas question, compte tenu de ce qui venait d'arriver à Olivia. Et puis, jusqu'à quand est-ce que cette histoire allait-elle encore durer ? Il inspira un bon coup, prit son courage à deux mains, et se lança à la rencontre de ce qui, il en était convaincu, allait s'avérer fatal pour lui. Tout ça pour une histoire de porno.

Oyono ouvrit brusquement la porte de l'appartement, espérant ainsi prendre de court l'intrus. Il y avait de la lumière dans le salon, mais il était vide. Il entendit des bruits qui provenaient de la chambre à coucher, des bruits comme ceux que l'on fait quand on fouille dans des affaires. Il se dirigea vers la cuisine, saisit silencieusement le plus gros couteau de son arsenal de cuisine, et se déplaça à pas de loup vers la chambre. Jamais il ne lui vint à l'esprit d'appeler la police. À proximité de la porte, il inspira une nouvelle fois, se précipita, brandissant de manière ostentatoire et pour le moins guignolesque son arme blanche, ce qui fit sursauter Olivia, qui tentait de brancher son téléphone dans un coin de la pièce. Abasourdie, la jeune femme resta figée. Ce fut le cas également pour Oyono qui, deux secondes plus tard, laissant choir son couteau sur le plancher, fonça sur Olivia, la prit brusquement dans ses bras, au grand étonnement de cette dernière, avant de commencer à lui couvrir le visage de baisers.

13. Expert communicateur

Voici ce qui s'était passé et que l'on parvint à établir sans grande difficulté. Olivia s'était rendue comme convenu au journal. Une fois sur place, elle était tombée sur quantité de véhicules d'urgence. Elle ne pouvait pas entrer dans le bâtiment et ignorait ce qui justifiait cette présence sur place, mais s'imagina qu'il s'agissait peut-être d'un cambriolage ou d'une fuite de gaz, réflexion qui étonna Oyono, qui savait la jeune femme d'ordinaire plus perspicace. C'est lorsqu'elle avait voulu joindre Oyono pour l'en informer qu'elle s'était rendu compte que la batterie de son téléphone était à plat[12]. Oyono s'était lui aussi rendu sur les lieux. Oui, le cordon policier était encore en place au moment où il était arrivé. Non, il ne s'agissait ni d'un cambriolage ni d'une fuite de gaz, mais d'un meurtre.

---

[12] Je commence à me demander s'il faut considérer ces gens comme des personnes sérieuses, ou même crédibles. Qui oublierait de charger son téléphone à un moment aussi critique, à un moment où l'on craint pour sa vie ?

— Comment ça un meurtre, tu as parlé à quelqu'un ?

— Non. Je ne pense pas que les policiers m'auraient répondu si je leur avais posé la question, fit Oyono, en souriant comme le ferait un niais. Il était vraiment très heureux de savoir son épouse par contumace en vie. J'ai eu un sacré coup de chance, si je puis appeler cela comme ça. Au moment où j'arrivais devant l'immeuble, ils faisaient sortir un corps. Je peux te garantir qu'il s'agissait d'une femme, et je suis tout aussi certain qu'il s'agissait d'une femme noire. J'ai failli m'évanouir. Je pensais que c'était toi.

Choquée après l'expression « femme noire », Olivia ne prêta pas grande attention à ce qui suivit, même si elle comprenait maintenant l'attitude d'Oyono vis-à-vis d'elle, toute cette effusion.

— Une femme noire ? Tu veux dire que c'est Morna ?

— Morna ! Hum ! Comment ça se fait que je n'y ai pas pensé ? s'interrogea à haute voix Oyono qui était, tout compte fait, aussi peu prompt à la perspicacité qu'Olivia. Je ne peux pas le dire à 100%, mais ce ne serait pas impossible.

— Câlisse !

C'était la deuxième fois qu'Olivia prononçait ce mot, qui était peut-être du martien. Il n'en comprenait pas le sens, mais pouvait l'interpréter compte tenu du contexte.

— Tu ne vas pas te fier à ce que je dis, essaya-t-il de rétropédaler, sachant la grande affectation qu'Olivia avait pour Morna. Je n'ai aucune preuve de ce que j'ai dit. Je n'ai pas vu la personne et puis, est-ce qu'elle reste souvent si tard que ça au bureau ?

— Non, pas que je sache. Mais il ne faut pas être un prix Nobel pour comprendre que ce serait tout à fait logique que ce soit elle. Il n'y a que des bureaux dans cet immeuble, et peu de femmes noires. Les chances qu'il ne s'agisse ni de moi ni d'elle sont quasiment nulles.

— Je préfère penser que ce n'est pas le cas, parce que si ce que tu dis devait s'avérer exact, on parlerait d'une situation beaucoup trop sérieuse, inextricable même ; je ne vois plus qui pourrait nous aider à nous en sortir. Aller jusqu'à commettre un meurtre parce que j'aurais aperçu un terroriste ici à Windsor, enlever la vie à une femme qui n'était concernée ni de près ni de loin par toute cette affaire, ça dépasse l'entendement.

Le téléphone d'Oyono sonna à ce moment-là. C'était Priso qui leur demandait de mettre les informations locales. La rediffusion d'un segment de dernière heure était en cours. Le corps d'une femme d'une cinquantaine d'années venait d'être retrouvé dans un immeuble du centre-ville. L'identité de cette femme et les circonstances de son décès ne seraient révélées que plus tard. Sa famille devait au préalable être contactée par la police. Les journalistes pressaient le porte-parole de la police au cours de ce qui ressemblait à une conférence de presse improvisée – jamais une bonne idée ce genre de choses – mais celui-ci était avare de détails. Pourquoi la police avait-elle jugé utile d'organiser une conférence de presse, était-ce parce qu'il s'agissait d'un meurtre ? Le porte-parole fut tenté de demander si la police avait réellement le choix, compte tenu du type de conjectures dans lesquelles les journalistes pouvaient très rapidement verser. De quelle manière avait été tuée cette femme ? À quelle heure ? Une reporter demanda même, au grand étonnement du porte-parole qui continuait à louvoyer, s'il était vrai que la défunte travaillait pour un journal, et s'il pouvait y avoir des motivations politiques derrière cette affaire, vu que les journalistes faisaient de plus en plus l'objet d'actes haineux.

— Oh là ! Vous allez un peu trop vite en besogne, lança le policier alors qu'Olivia et Oyono étaient figés devant l'écran, serrés l'un contre l'autre sans même le réaliser. La question avait résonné avec fracas dans l'âme de la jeune femme. J'imagine que vous comprendrez que je ne puisse pas répondre à ces questions. Je ne sais pas où vous êtes allée chercher ces informations, mais à supposer que la victime travaillait vraiment pour un journal, est-ce que toutes les personnes qui travaillent pour un journal sont des journalistes et sont donc susceptibles d'être la cible de ce type d'actes ? Je ne le pense pas !

Il avait sorti ça d'un trait, avec un flegme à enseigner dans toutes les écoles de communication, et aussi un je ne sais quoi dans la voix qui faisait penser à une homélie. Il y avait en sous-texte quelque chose du genre « Jeune femme, la fougue de la jeunesse vous perdra », et aussi quelque chose du genre « Tout est dit désormais, vous pouvez disposer ».

— Vous confirmez donc qu'elle a été tuée ?

interrogea à brûle-pourpoint cette dernière, qui refusait de disposer comme elle aurait pourtant dû.

— Je n'ai jamais dit ça !

— Si, vous l'avez dit ! continua-t-elle, agissant comme si le policier avait voulu faire de la rétention d'informations pour des raisons autres que les besoins de l'enquête et la nécessité de contacter au préalable la famille de la défunte, comme il l'avait affirmé un peu plus tôt. Vous avez dit, et je vous cite, « à supposer que la victime travaillait vraiment dans un journal ». Vous avez parlé de victime. Il se serait agi d'un décès des suites de causes naturelles que vous ne vous seriez pas exprimé de la sorte. Et donc, il s'agit bel et bien d'un meurtre, n'est-ce pas ? À moins que le mot victime signifie désormais autre chose pour la police que ce que ça a toujours signifié ?

La journaliste venait de le prendre sur le fait. La leçon de communication n'était clairement pas encore au point.

— On s'arrête là ! trancha-t-il. Vous aurez plus d'informations dès qu'on pourra vous en donner. En attendant, si parmi les personnes qui nous regardent à la maison, certaines ont des informations qui peuvent aider, je les prie de nous contacter.

Le policier décampa, sonnant la fin de la conférence de presse. Immédiatement commença sur le plateau une discussion hâtive sur les risques auxquels s'exposent les journalistes toutes catégories confondues, même ceux qui travaillent pour de petits journaux sans histoire.

Posté devant le téléviseur de l'appartement dans lequel il avait établi ses quartiers pour quelques jours, Steven venait d'assister à la même conférence de presse. Elle ne lui apprenait pas grand-chose, si ce n'est que la victime n'était peut-être pas celle à qui il avait pensé de prime abord. Cette information ne rendait pas la situation moins problématique pour autant. En fait, peu importe l'identité de la victime, le fait est que, pensait Steven, la personne tuée l'avait nécessairement été pour une raison en lien direct avec son affaire à lui, ce qui le consternait. Comment en était-on arrivé là ? La mission de départ était simple : trouver le moyen subtil d'intercepter le jeune homme, ou plus logiquement encore de l'approcher, pour savoir ce qu'il avait vu et déterminer s'il représentait un danger quelconque pour les sources fantômes. C'était cela seulement la mission. Une mission qui avait en grande partie déraillé, Steven en était certain, à cause d'un fieffé incompétent qui prenait le résident moyen pour un terroriste en puissance.

Des terroristes, Steven en avait connu. C'était une autre paire de manches. Des gens à qui Richard n'aurait jamais voulu se frotter. S'il avait continué à côtoyer de près ces individus, c'est parce que les sources fantômes étaient restées actives, à un détail près cependant, en dépit du plus récent changement d'administration aux États-Unis. Avec les années, Steven en était arrivé à occuper une place de choix au sein du programme, ce qui lui permettait de poser quelques exigences. Il n'en avait eu que deux au fil du temps. La première fut de ne jamais travailler qu'avec la même équipe. Steven avait dans les six militaires qui étaient sous son commandement une confiance inébranlable, plus inébranlable encore en ce qui concernait Jackson et Alicia, ses seconds. Il avait avec eux une relation si fusionnelle depuis des années qu'ils étaient désormais comme des membres de sa propre famille. Sa deuxième exigence, moins facile à satisfaire celle-là – mais non négociable si on voulait qu'il continue à commander l'unité d'interventions des sources fantômes – fut que le plus haut sommet de l'administration ne soit pas informé de l'existence du programme. Cette demande, qui en d'autres temps aurait été considérée comme un crime de lèse-majesté, tombait sous le sens dans la mesure où le titulaire du fauteuil présidentiel au moment de la deuxième opération de Steven au sein des sources fantômes était un mégalomane – entre autres tares dont il souffrait et que l'on aurait pu à priori considérer comme rédhibitoires pour occuper la fonction – qui n'était pas à une bourde près. Le mystère qui entourait l'opération de 2019 fut donc plus opaque encore, aidé en cela par le fait qu'elle eut lieu en Syrie, un pays en guerre.

Dans la nuit du 25 au 26 juillet de cette année-là, plusieurs dizaines d'hommes de la force Delta furent déployés dans le gouvernorat d'Idleb, dans le Nord de la Syrie, à proximité d'un village nommé Baricha. Le but de l'opération était de décapiter l'État islamique. L'organisation se livrait depuis quelques années en Irak et en Syrie à des actes d'une violence telle qu'on en avait peu connu dans l'Histoire relativement récente de l'humanité. L'exploitation durant des années de diverses sources fantômes, notamment de renseignements fournis par Osni Ben Munar, qui était maintenu au secret dans un lieu dont même Steven ignorait la localisation, avait permis le démantèlement progressif de certaines organisations. Cette exploitation avait surtout permis de retrouver la trace d'individus parmi les plus recherchés par les États-Unis, comme ce fut le cas dans la nuit du 25 au 26 juillet 2019 pour Hassan Abu Mohab, le chef de l'État islamique.

Le 27 juillet, c'est-à-dire le lendemain du jour où la véritable mission avait eu lieu, le président assista à ce qui était censé être une opération en direct, mais qui, en réalité, avait été préenregistrée. Il regarda avec grand intérêt des vidéos qui attestaient du fait que l'Irakien était mort en se faisant exploser dans un tunnel où il s'était retranché, cerné de toutes parts par les forces américaines. Ce n'était pas tout à fait faux. L'opération avait bel et bien eu lieu. Seulement, l'Irakien qui avait tenté de prendre la fuite avait été intercepté à la sortie d'un tunnel par l'unité de Steven, qui avait ensuite fait exploser ledit tunnel, et opéré dans la foulée un tour de passe-passe pour extraire la cible des lieux sans que les autres membres de la force Delta ne s'en aperçoivent, comme ça avait été le cas quelques années auparavant avec Osni Ben Munar.

14. Coupe-gorges

Remettons un peu de contexte historique dans cette affaire, à la fois pour le bénéfice du lecteur, et parce que la suite des événements le commande. Il existe depuis des lustres quelque chose comme une espèce de *gentlemen's agreement* entre le Canada et les États-Unis, qui pourrait être assimilé à un droit de poursuite. Si aucun des deux pays n'est officiellement autorisé à pénétrer sur le territoire de l'autre sans y avoir été invité, comme c'est du reste le cas pour n'importe quel autre pays dans le monde, des actions sont tout de même possibles lorsque les opérations qui les justifient sont ponctuelles, brèves, et ne nuisent aucunement aux intérêts du pays à l'intérieur duquel elles ont lieu. Attention ! On parle ici d'une affaire sérieuse dont on ne saurait abuser sans prendre le risque de déclencher quelque chose dont il sera difficile de maîtriser les contrecoups. C'est bon à savoir, parce que le bateau pneumatique qui avait quitté Zug Island peu après minuit pour accoster du côté canadien de la rivière Détroit ne faisait pas partie du type d'opération qui pouvait justifier le recours au droit de poursuite. Pourtant, bien que vêtus de manière étonnamment décontractée, les quatre individus installés à bord du pneumatique transportaient ce qui n'était ni plus ni moins qu'un arsenal de guerre.

Steven avait l'esprit torturé par une intuition, une autre, et elle l'empêchait de dormir. Il avait l'étrange impression que quelque chose de nauséabond se préparait. Vers deux heures quinze du matin, ne parvenant toujours pas à fermer l'œil, il décida de sortir faire un tour. Il conduisit dans Windsor Sud pendant une dizaine de minutes. Au plus profond de la nuit, cette zone essentiellement résidentielle était d'une quiétude qui donnait envie. Avec ses maisons confortables et cossues, ses ballons de foot, ses tuyaux d'arrosage, ses vélos qui traînaient sur des pelouses, c'était le genre d'endroit où il n'aurait pas rechigné à élever des enfants s'il en avait eu, une question à laquelle il n'avait jamais tout à fait réfléchi.

Il passa par le service au volant d'un Tim Hortons où il commanda un cappuccino moyen à la vanille française et des Timbits, des trous de beigne dont il raffolait et pour lesquels la chaîne canadienne était particulièrement connue. Des trous de beigne, bien sûr qu'il y en avait aux États-Unis. Seulement, ils n'étaient, selon Steven, pas comparables aux Timbits. Il se restaura lentement dans la voiture. Une fois son repas terminé, il conduisit jusqu'à Riverside, qui offrait une vue imprenable sur Détroit, et admira de loin cette ville si meurtrie qui occupait une place unique dans son cœur. Il se déplaça ensuite en direction sud, passant devant l'immeuble qui abritait les locaux du *Témoin*. Les policiers étaient partis. Seul un bandeau jaune interdisant l'entrée de l'immeuble indiquait que quelque chose avait eu lieu. Voilà à quoi tient une vie, songea tristement Steven, qui n'était pourtant pas du genre sentimental et qui avait même un certain lot de vies abrégées à son actif. Il emprunta Wyandotte vers l'ouest. À peine eut-il tourné à droite sur Crawford que tous ses sens se mirent en alerte. Il porta machinalement sa main à sa hanche droite, mais celle-ci ne rencontra que du vide : aucune arme. Il se rappela qu'il n'avait pas jugé nécessaire de la prendre pour une simple balade nocturne. La scène était clichée : une camionnette blanche comme celles qu'on voit dans des films, et qui ont pour vocation d'imiter des véhicules de livreurs, était stationnée en face de l'immeuble de sa cible. Tous feux éteints, elle était vide et n'avait aucune plaque d'immatriculation, ce qui ne laissait aucun doute sur ce à quoi elle devait servir.

Steven ne s'était même pas encore donné la peine de se demander si sa voiture était bien stationnée que déjà ses pieds avaient touché terre. Qui viendrait se plaindre à trois heures du matin d'un véhicule mal stationné ? Il fonça vers la porte d'entrée de l'immeuble, qui était verrouillée, comme il fallait s'y attendre. Il contourna le bâtiment. Toutes les entrées étaient barricadées. Instinctivement, il se lança dans une escalade, un exercice on ne peut plus périlleux dont seul est d'ordinaire capable un héros de films d'action du genre Tom Cruise dans *Mission Impossible*. Par deux fois, il fut à trois doigts de tomber dans le vide. Après quelques minutes d'un effort titanesque, après quelques moments d'hésitation pendant lesquels il se demandait s'il ne surestimait pas ses forces, le corps ruisselant de sueur, il arriva au quatrième étage au niveau du balcon de l'appartement de sa cible. La porte vitrée qui donnait sur le balcon n'avait pas été fermée à clé, ce qui était à la fois imprudent et logique. Le résident lambda aurait-il dû se douter qu'un individu serait capable d'escalader à mains nues la façade d'un immeuble de quatre étages ? Steven s'introduisit à pas feutrés.

L'appartement était plongé dans le noir. Il se maudit de n'avoir sur lui ni arme à feu ni lunettes tactiques, alors qu'il n'était pas sur un champ de bataille. Il fallut quelques secondes à sa vue pour s'adapter à l'obscurité. Si les deux jeunes gens étaient dans la maison, ils ne pouvaient être à cette heure que dans la chambre à coucher. Il ouvrit avec précaution la porte de la douche, la pièce était vide. Il traversa rapidement le couloir, ouvrit de manière sourde la porte de la chambre et les trouva là sur le lit, endormis, recroquevillés l'un contre l'autre mais totalement vêtus, ce qui conforta Steven dans l'idée qu'il y avait quelque chose de louche dans cette histoire de mariage. Il n'y avait pas de temps à perdre. Il avança vers le lit, retint sa respiration et plaqua au même moment deux mains fermes sur les bouches d'Olivia et d'Oyono, qui sursautèrent de concert et crachèrent également de manière synchrone des cris qui se perdirent dans le silence des mains de fer de Steven.

— Chutttttt ! fit-il alors que deux paires d'yeux terrifiés scrutaient l'obscurité pour tenter de savoir si les carottes étaient cuites, à moins que ce ne fût la fin des haricots, ou alors les deux à la fois, sachant qu'il arrivait que l'une des expressions soit synonyme de l'autre. Je n'ai pas le temps de vous expliquer quoi que ce soit maintenant. Je n'ai pas non plus le temps d'essayer de gagner votre confiance, mais je peux vous garantir une chose, dans quelques instants, des hommes lourdement armés vont entrer dans cette chambre et vont vous exécuter si vous ne faites pas ce que je dis. Est-ce que vous m'avez compris ?

Il était impossible de n'avoir pas compris ce que venait de dire celui qui se présentait peu de temps avant encore comme un avocat. L'effroi se lisait dans les yeux d'Olivia et d'Oyono, mais tous les deux comprirent sans se parler que l'homme en face d'eux ne leur voulait pas de mal, autrement il n'aurait pas pris la peine de les réveiller.

— Est-ce que je peux vous lâcher ? interrogea Steven.

C'est de concert qu'ils opinèrent du chef.

— Je pense que vous avez compris depuis un petit bout de temps déjà que je ne suis pas avocat. Je suis désolé de ce qui vous arrive, mais comme je le disais, nous n'avons pas le temps de parler maintenant. Suivez-moi. Il faut absolument que vous sortiez d'ici.

Ils s'exécutèrent et se mirent à la suite de Steven, qui partit en direction du couloir dans une position qui faisait penser à celle d'un lutteur prêt à attaquer. Il était accroupi sans l'être tout à fait et avait les deux mains devant lui. Les yeux d'Olivia et d'Oyono, qui avaient bien plus reconnu par sa voix Steven qu'ils ne l'avaient réellement vu, venaient de s'habituer au noir. Au moment où ils allaient atteindre le salon, Steven tendit latéralement le bras pour stopper leur marche. Ils virent alors une forme humaine qui devait être tout de noir vêtu faisant face au plan de travail de la cuisine. Elle avait l'air de fouiller dans les ustensiles. Steven n'hésita pas un seul instant. Il était derrière elle en une fraction de seconde et fit quelque chose qui déconcerta Olivia et Oyono. Il racla délicatement sa gorge, ce qui eut pour conséquence de pousser la forme humaine à esquisser un mouvement de recul et enclencher une manœuvre pour se retourner. À ce moment, Steven lui infligea du tranchant de sa main droite un coup sec au niveau de la jugulaire qui aurait mis K.-O. n'importe quel individu normal, mais qui ne fit que plier en deux la masse humaine dont le visage était caché par une cagoule, signe qu'il s'agissait d'un type bien entraîné. Steven enchaîna avec un lourd coup de poing du gauche en plein plexus solaire, qui donna l'impression à Olivia et Oyono qu'il s'était produit quelque chose comme une coupure électrique à l'intérieur du corps de la forme encagoulée, puisqu'elle se figea. Il enchaîna avec une claque cyclonique de la main droite et la forme s'écroula. Au même moment, la porte d'entrée s'entrouvrit. Certains diraient qu'elle s'entrebâilla. Oyono allait crier, mais déjà Steven avait agi. Il s'était téléporté au niveau de la porte dont il se servit pour changer le nouveau venu en galette de viande coincée à l'intérieur d'un burger. La galette de viande n'eut pas le temps de réaliser ce qui se passait que déjà elle passa sur le gril, au propre comme au figuré, recevant à son tour, comme son acolyte qui gisait sur le sol, un coup d'une puissance nucléaire dans le plexus solaire. On aurait dit que Steven faisait tout pour empêcher les intrus de crier, ce qui fut d'ailleurs le cas puisque le deuxième intrus s'affaissa lourdement sans émettre le moindre son.

Steven se précipita à l'extérieur de l'appartement, avec Olivia et Oyono sur ses talons. Il courut en direction des escaliers et, regardant vers le bas, aperçut deux individus encagoulés et lourdement armés au deuxième étage qui montaient résolument, mais prudemment comme des soldats sur un terrain miné. Il rebroussa chemin et se précipita sur l'alarme incendie du couloir qu'il fit retentir. Le vacarme fut immédiat. Trente secondes plus tard, des résidents sortaient de leur chambre en pyjama, en petite tenue, les yeux ronds et de mauvaise humeur pour la plupart. Steven et ses deux nouveaux compères se fondirent dans la masse qui affluait vers les escaliers. Quant aux deux individus encagoulés qui étaient en pleine ascension au moment où l'alarme avait retentit, ils étaient portés disparus.

15. Motown

Olivia faisait un effort surhumain pour se contenir. Elle aurait voulu sauter à la gorge de ce menteur qui conduisait le plus sereinement du monde comme s'ils revenaient tous de la plus ordinaire des soirées. Cela aurait été d'autant plus facile qu'elle était assise à l'arrière avec Oyono. Elle occupait le siège placé directement derrière celui du conducteur. Une espèce d'instinct de conservation la retenait pourtant, qui s'expliquait par les coups qu'elle avait vu cet homme porter avec une facilité déconcertante à des gens qui avaient tout l'air d'être sortis de films de guerre.

— Est-ce que vous comptez nous dire à quoi ça rime exactement tout ça ? lança-t-elle en essayant de paraître le moins agressive possible.

— Il me faut d'abord de la vanille française, autrement je n'aurais pas l'esprit clair et il est même possible que je me mette à somnoler[13]. Je ne suis pas comme vous, moi, je n'ai pas eu droit à une agréable nuit de sommeil.

Il avait parlé en positionnant le rétroviseur central de manière à être bien vu de ses passagers et avait dit « agréable nuit de sommeil » en ponctuant cette phrase d'un clin d'œil appuyé et pour le moins équivoque. Olivia n'apprécia pas.

— C'est une blague ? Vous trouvez le moyen de vous marrer dans une situation comme celle qu'on est en train de vivre ? Ce sont nos vies qui sont en jeu.

— Je le sais parfaitement puisque je viens tout juste de vous sauver la vie, au cas où vous l'auriez oublié, rétorqua-t-il avec en sous-texte « l'ingratitude est détestable, il faut savoir dire merci ».

Le salaud ne manquait ni de culot ni de flegme.

— Écoutez, on vous remercie pour ça, intervint Oyono. Si vous n'étiez pas intervenu, il est vrai que nous serions peut-être morts à cette heure...

— Morts ou pire, coupa Steven.

— Comment ça pire ? interrogea un Oyono éberlué. Qu'est-ce qui peut être pire que la mort, se demandait-il, comme l'aurait fait à peu près n'importe quel individu sain d'esprit.

— Je peux vous assurer qu'il y a des choses pires que la mort et c'est d'ailleurs la raison pour laquelle vous

13 Depuis quand on boit de la vanille française pour rester éveillé ?

vous êtes retrouvés dans cette situation qui pourrait vous coûter la vie.

Ni Oyono ni Olivia ne trouvèrent rien à dire. Comme si c'était vraiment la chose la plus importante à cette heure de la nuit et à un moment aussi critique, Steven se dirigea vers le premier Tim Hortons qu'il trouva sur son chemin. Il commanda un cappuccino moyen à la vanille française, arrêta la voiture sur le stationnement, avala une gorgée brûlante de sa boisson, se racla la gorge avant de se retourner vers ses passagers.

— Ok, on peut parler maintenant. Dites-moi ce que vous savez.

Oyono fit le geste de celui qui allait se lancer dans une confession – il devait exceller dans les effusions – mais il se fit interrompre par Olivia.

— Vous ne pensez pas qu'on est stupides à ce point, n'est-ce pas ? Vous nous dites d'abord pourquoi on s'en prend à nous depuis des jours et on vous dira ensuite ce qu'on sait.

— Je ne suis pas certain que vous soyez en position d'exiger quoi que ce soit, répondit Steven. Vous l'avez vous-mêmes dit, ce sont vos vies qui sont en jeu.

— Exactement, mais qu'est-ce qui nous dit que vous n'êtes pas de mèche avec ceux qui ont voulu nous tuer ? Olivia n'avait pas l'intention d'avaler aussi facilement les salades de ce type. C'est peut-être une nouvelle représentation théâtrale que vous nous avez servie. Oyono n'avait pas pensé à ça. Vous vous êtes déjà fait passer pour un avocat. On ne me la fait pas deux fois à moi.

— Vous avez raison sur ce point. Je vais vous donner quelques infos que je ne suis pas censé vous donner, mais vu que vous risquez vos vies, je crois que je vous dois bien cela. Est-ce que vous avez déjà entendu parler du programme des sources fantômes ?

— Les quoi ? interrogea Oyono, pour qui ce qu'il venait d'entendre ressemblait au titre d'un mauvais film d'action, au mieux au titre d'un film de série B.

— C'est bien ce que je me disais. Je ne comprends pas pourquoi on voudrait en finir avec vous si vous ne savez rien.

— J'imagine que quelqu'un doit penser quelque part que nous détenons une information importante, déclara Olivia, autrement rien ne pourrait justifier ce qui nous arrive. Mon mari, embraya-t-elle de manière pour le moins naturelle – une formulation qui n'offusqua pas Oyono, bien au contraire – m'a raconté qu'il a aperçu quelqu'un ici à Windsor, il y a quelques semaines. Quelqu'un qui n'aurait pas dû, qui n'aurait pas pu, se trouver ici, du moins pas si on envisage les choses du point de vue de la logique. Pour dire vrai, j'aurais certainement considéré cela comme du délire s'il ne nous était pas arrivé ce qu'il nous arrive depuis plusieurs jours.

Cette tirade arracha un sourire à Steven, que ni le marieur par contumace ni la mariée du même ordre ne virent. Olivia lui faisait penser à Alicia, une jeune femme tout aussi intrépide dont il avait fait la connaissance dans l'armée et qui, en moins de temps qu'il ne faut pour le dire, était devenue comme sa sœur, même s'il y avait d'importantes différences entre eux, culturellement notamment. En fait, pouvaient-ils être plus éloignés l'un de l'autre ? Il était originaire de la Côte d'Ivoire et avait passé une importante partie de sa vie dans le Michigan. Elle venait quant à elle de l'Utah. Alicia avait intégré l'armée pour pouvoir quitter ce coin de pays où, disait-elle souvent à la rigolade et de manière un peu caricaturale, l'avenir ne promettait aux jeunes que le travail des champs et celui de la Bible. Ce n'était pas la femme avec la carcasse la plus impressionnante, bien au contraire. Elle était pourtant d'une efficacité léthale dont Steven se serait inquiété s'il avait dû l'affronter sur un champ de bataille.

Steven, Olivia et Jackson s'étaient rencontrés en 2005, le premier jour de leur formation dans l'armée, et ne s'étaient plus jamais vraiment quittés, une proximité facilitée par le fait qu'ils avaient ensuite tous les trois intégré la même unité.

Si avec Alicia le lien était semblable à celui qu'on a avec sa petite sœur, avec Jackson c'était surtout une affaire de racines. Les deux hommes provenaient du même quartier de Détroit, avaient fréquenté la même école élémentaire même s'ils ne s'étaient étrangement jamais rencontrés avant d'intégrer l'armée. Ils passaient leurs heures perdues à évoquer des souvenirs d'enfance, les transformations qu'avait subies leur ville au fil du temps, une ville qui s'était en partie développée autour de l'industrie de l'automobile. Détroit avait fini par péricliter du fait des difficultés qu'avait connues ladite industrie. Ils étaient nostalgiques d'un Détroit qui était tout à fait chaleureux et peu semblable à la ville extrêmement violente que décrivaient les médias, même s'il est vrai qu'elle abritait dans certains de ses quartiers des immeubles délabrés et de miteuses infrastructures. Alicia écoutait toujours avec passion le récit de ces délicieux moments de jeunesse auxquels elle n'avait pas eu droit du fait du type de communauté dans laquelle elle avait grandi. Steven et Jackson passaient en revue les barbecues estivaux, les côtelettes de porc, la Motown. Ô la Motown ! Leur adolescence avait été marquée par les dernières grandes années de ce label de légende qui avait hébergé certains des artistes noirs parmi les plus iconiques de l'histoire de la musique américaine. Du nombre des références des deux militaires de Détroit : les Supremes, Marvin Gaye, Stevie Wonder, les Jackson Five ou encore un certain Michael Jackson, si tant est que l'on puisse considérer ce dernier comme un artiste noir[14].

Lorsqu'il avait fallu monter une équipe pour s'atteler aux missions extrêmement sensibles que promettaient

---

[14] Les personnages vous font dire qu'il paraît, après tout, – et personne ne l'ignore – que l'affaire de la couleur de la peau de Michael Jackson est une question hautement philosophique. Voilà un homme qui a réussi le tour de force d'être à la fois l'un des plus grands artistes noirs – si ce n'est le plus grand – et aussi l'un des plus grands artistes blancs – si ce n'est le plus grand ; et tout cela à l'intérieur de la même vie.

les sources fantômes, une des exigences posées par Steven fut de pouvoir se faire assister de ses deux acolytes, ce qui avait étonné quelques hauts gradés, puisque ni Alicia ni Jackson ne faisaient partie de la force Delta, Steven étant le seul de son unité qui était parvenu à intégrer ce corps d'élite de l'armée, qui était réputé pour ne recruter ses éléments que parmi les plus durs des durs à cuire. Compte tenu cependant du caractère extrêmement sensible de l'affaire, on fut bien obligé de répondre aux exigences de l'Ivoirien d'origine. Il était essentiel que l'on puisse accorder une confiance aveugle aux militaires qui composaient les sources fantômes ; il était vital que les militaires les intégrant se fassent une confiance aveugle. Et pour cause, en 2009, lorsque quelques huiles de la NCS avaient proposé et obtenu, de manière extrêmement confidentielle, la bénédiction tacite d'une personne qui à la Maison-Blanche disposait de toutes les autorisations nécessaires pour lancer cette initiative, le sommet de la pyramide n'avait été ni informé ni consulté. L'affaire était donc explosive. Elle était à ce point nucléaire que vingt et sept personnes seulement au monde connaissaient son existence. Son niveau de classification dépassait la classification « ultra-secret », qui était d'ordinaire accordée aux opérations les plus sensibles du gouvernement américain, placée au-dessus du niveau top secret, que le grand public pense habituellement être le niveau de confidentialité le plus élevé. Elle était à ce point sensible que le détail des opérations qu'elle avait conduites depuis sa création n'existait nulle part. De fait, depuis ses débuts, le programme n'avait servi qu'à la mise en place d'une poignée d'opérations, dont une qui avait eu lieu en avril 2011, une autre en octobre 2019, et une troisième en juillet 2022. Sans doute les huiles de la NCS avaient-elles été échaudées par les différents scandales d'espionnage et de violation des droits humains révélés par des journalistes avec l'aide d'employés d'agences gouvernementales travaillés par leur conscience.

Steven, qui était toujours plongé dans ses pensées, se demanda s'il était raisonnable de croire, comme certains, qu'un secret aussi bien gardé était sur le point de s'effondrer du seul fait qu'un quidam avait peut-être furtivement aperçu quelque chose à Zug Island. Zug Island, une authentique laideur qui était à ce point à l'image de la pollution la plus âcre et la plus atroce qu'elle avait été choisie parce que personne n'aurait jamais voulu s'y rendre. Elle avait longtemps été stratégique et cruciale cette île, et pour cause. Il n'existait en face d'elle, du côté canadien de la rivière, qu'une vaste étendue d'herbes inhabitée jusqu'au moment où il avait été question de construire le pont Gordie Howe. L'un des drames des huiles de la NCS fut que vingt et sept personnes seulement au monde, toutes américaines, étant au courant de l'existence de ce programme, les autorités canadiennes avaient donné leur accord pour la construction du pont Gordie Howe, songeant que seuls des intérêts économiques en lien avec le pont Ambassador, l'autre tablier qui chevauchait la rivière, voyaient d'un mauvais œil la construction de l'infrastructure.

Les gros bonnets de la NCS allaient-ils bientôt devoir chercher une solution de rechange ? Si oui, était-ce la faute au pont qui était en train de sortir de terre ou à un quidam qui avait peut-être aperçu quelque chose ? Quel autre endroit sur ou à proximité du territoire américain allait pouvoir fournir des avantages semblables à ceux qu'offrait Zug Island ? Elle était séparée du reste de la ville de River Rouge par un canal, une position géographique qui évitait, selon les têtes pensantes de la NCS, qu'une quelconque forme de continuité terrestre mette en péril l'existence du programme. Les Américains lambdas ne s'intéressaient pas à Zug. Les Canadiens s'y intéressaient encore moins. C'était le plan parfait. Il aurait fallu pour les huiles que les choses demeurent ainsi parce que, après tout, on avait créé des prisons secrètes en Irak, mais elles avaient été découvertes. On avait créé Guantanamo et on en avait fait une zone d'exception, mais les défenseurs des droits humains et les journalistes en parlaient à longueur de journée. On avait décidé d'exploiter un territoire pas loin d'être coincé entre deux démocraties, et donc au vu et au su de tout le monde, mais qui rebutait beaucoup trop de monde, et on n'avait plus eu de soucis à se faire pendant des années.

— Est-ce que vous êtes plongé dans quelque chose du genre adoration du Saint-Sacrement ? questionna Oyono sur un ton qui ne permettait pas de dire si sa question était ou non empreinte de sérieux, mais qui fut suffisant pour tirer Steven de ses rêveries.

— J'attendais simplement que tu me dises qui est la personne que tu penses avoir vu, mentit sereinement Steven, et qui n'aurait logiquement pas pu se trouver à Windsor.

Olivia voulut faire remarquer à Steven qu'il n'avait pour sa part fourni aucune information jusque-là, et que ça devait être donnant-donnant, mais Oyono la devança.

— Abu Iman Bakar.

Il se tourna ensuite vers Olivia l'air de dire « à quoi bon continuer à jouer à ce jeu ? Foutus pour foutus... » Steven ne tenta pas de faire celui qui ne savait pas qui était cet Abu Iman Bakar.

— On dit Aman Bakar, mais vous ne vous êtes pas trompé. Il s'agissait bien de lui.

— Quoi ? s'écria Oyono.

Olivia avait beau avoir compris depuis un certain temps déjà que les déclarations d'Oyono n'étaient pas toutes dénuées de fondement, elle ne sembla cependant pas, à ce moment-là, réaliser l'implication de ce que venait de confirmer Steven. L'information était trop grosse. Elle parut à la fois être en état de choc et plongée dans un état de profonde méditation.

— Comment est-ce possible ? continua Oyono. Le président a annoncé il y a quelques heures seulement qu'il vient d'être tué par une frappe qui a eu lieu en Afghanistan.

— Il est pourtant en vie et pas loin d'ici en ce

moment. Je peux te le garantir parce que c'est moi-même et mes hommes qui l'avons capturé en Afghanistan il y a plusieurs semaines.

Les glandes sudoripares d'Oyono libérèrent un tonneau de sueur. Cet homme devait être un tueur, ou quelque chose dans le genre. Olivia comprit la décontraction dont avait fait preuve l'individu assis devant elle au moment où ils avaient émergé de l'immeuble d'Oyono, échappant à une situation qui aurait traumatisé tout individu à peu près sain d'esprit.

— Il est en vie d'accord, mais est-ce que ça justifie que l'on veuille me tuer ? demanda naïvement Oyono, ce qui arracha un léger sourire à Steven, qui tourna son regard à travers le rétroviseur vers Olivia, qui réfléchissait à vivre allure.

— Je suis certain que tu as compris, ou du moins que tu commences à comprendre ce qui se joue ici. Tu veux lui expliquer ?

— Expliquer quoi ? s'impatienta Oyono.

Il tourna tour à tour la tête vers Olivia et ensuite vers Steven, comme le ferait un animal traqué.

— C'est simple, commença Olivia. Il y a quelques semaines tu as vu ici cet homme qui, il vient de nous le confirmer, est bel et bien en vie et est ici même en ce moment. Ça signifie que le président a menti. Il a menti à des millions d'Américains sur une opération qui a pourtant sans doute été préparée pendant des semaines, puisque j'imagine que ce genre d'intervention ne peut pas se faire au pied levé. Il n'a pas été pris de court, pourtant il a sciemment menti. Il ne peut donc pas plaider la bonne foi. De plus, on a beau parler d'un terroriste, c'est tout de même le genre d'information qui peut faire tomber une administration. Et quelque chose me dit que nous n'avons vu que la pointe de l'iceberg. La vérité doit être beaucoup plus explosive que ça. Je parie qu'ils n'en sont pas à leur premier coup. C'est d'ailleurs probablement la raison pour laquelle ils ne peuvent pas prendre le risque que quelqu'un le sache.

— Ah ! Je savais que tu comprendrais, fit Steven avec un air de satisfaction réelle sur le visage, et une pointe d'admiration dans la voix[15]. Tu es perspicace. Je te félicite. Je dois cependant corriger quelque chose : le président ne sait pas qu'il a menti.

— Vous lui avez menti ? faillit s'étrangler Olivia.

Oyono était largué.

— Tu comprends décidément un peu trop rapidement, fit Steven, souriant. Rappelle-moi de ne jamais me mettre en travers de ton chemin.

— Pourquoi vous lui avez menti ?

— Tu veux vraiment que je réponde à cette question alors que tu as déjà tout compris ?

— Qu'est-ce que tu es censée avoir compris, interrogea Oyono, qui n'allait sans doute jamais travailler pour une agence de renseignements.

---

[15] Est-ce que ce n'est pas de l'inconscience, ça ? Un secret aussi lourd que celui-là est découvert par une civile, et lui, ça l'amuse.

— Ils ne lui font pas confiance, lâcha Olivia. Il est incontrôlable. Ils ont peur qu'il ne commette une bourde ou qu'il ne révèle d'une manière ou d'une autre l'existence de cette affaire.

Oyono écarquilla les yeux. Un filet de salive manqua d'échapper au contrôle de ses lèvres. Dans quoi est-ce qu'il avait foutu le pied ?

— Ça ne peut pas être vrai tout ça ! Oyono avait pris un coup sur la tête. C'est une histoire de dingue. On dirait le scénario d'une série ou une de ces théories du complot qui pullulent sur internet.

— Pour les séries je ne sais pas trop, mais certaines des théories parmi les plus délirantes ne sont pas nécessairement les plus improbables. Steven s'improvisait philosophe. Le problème avec les complotistes et les fous, c'est qu'à force d'agir comme ils le font, ils ont fini par les rendre toutes inenvisageables aux yeux du grand public.

Un moment de silence s'installa, qu'Oyono finit par briser. Il était dépité.

— Le pire dans cette affaire, c'est que je n'aurais même plus jamais pensé à cette histoire si on n'avait pas tenté de s'en prendre à nous. Au fait…

— Est-ce que Osni Ben Munar est vraiment mort ? demanda brusquement Olivia.

Steven ne répondit pas et se contenta de sourire.

— Il y a eu beaucoup d'autres opérations ? poursuivit-elle.

— Je veux bien vous donner quelques informations,

parce que vous l'avez mérité, mais il y a des limites à ce que ma conscience m'autorise à vous dire.

— Est-ce que vous allez nous tuer ? balança-t-elle froidement.

Cette question eut sur Oyono un effet tel qu'il se trouva au bord de l'apoplexie. Il allait entrer en transe. Son âme avait quitté son enveloppe corporelle, c'était certain.

— Tu te doutes bien que ce n'est pas le cas. À quoi bon vous sauver la vie si c'est pour vous tuer ensuite ?

L'âme d'Oyono réintégra son enveloppe corporelle.

— Je sais également que tu te poses cette question compte tenu des informations que je viens de vous donner sur une opération censée être ultra-secrète. Mais tu n'as pas besoin de t'inquiéter.

— Est-ce que vous avez quelque chose à voir avec la mort de Morna ?

Olivia n'avait décidément pas froid aux yeux.

— Tu es pleine de culot pour une jeune femme assise dans la voiture de quelqu'un qu'elle ne connaît pas et qui lui a montré qu'il pouvait être dangereux, fit posément Steven, mais j'aime ça. C'est cash. Pour répondre à ta question, non, je n'ai rien à voir avec sa mort. Mais j'ai ma petite idée.

Il leva la main pour interrompre ce que la jeune femme se préparait à dire.

— Je ne peux rien vous révéler tant que je n'en suis pas certain. Et puis, de toutes les façons, ça ne vous servirait à rien de savoir à quoi je pense en ce moment.

— Qui sont les personnes qui ont voulu nous tuer tout à l'heure ?

Olivia poursuivait son interrogatoire.

— Décidément, tu ne perds pas le nord toi ! répondit Steven sans que l'on ne puisse déterminer si c'était là encore de l'admiration ou de l'agacement. Je ne peux pas non plus répondre avec certitude à cette question, même si j'ai également ma petite idée.

— Qu'est-ce qu'on fait maintenant ?

Oyono espérait secrètement que leur « nouvel ami » aurait une solution toute prête pour les tirer du pétrin. Il leur devait bien ça, après leur avoir fait croire qu'il était avocat. En plus, cet homme semblait plein de ressources, au propre comme au figuré.

— Il va falloir vous cacher. Au moins pour le moment, le temps que je m'assure de deux ou trois choses. Est-ce que vous avez un endroit où vous pouvez vous réfugier en attendant ?

— On peut aller chez mon ami qui vit en résidence universitaire, répondit Oyono, mais je ne suis pas certain qu'on puisse rester chez lui longtemps.

Steven s'accorda quelques secondes de réflexion.

— C'est vrai que les campus universitaires sont très fréquentés et qu'à l'heure actuelle, les lieux bondés sont les endroits où vous serez le plus en sécurité, mais il y a quand même la nuit.

— Quoi la nuit ? s'inquiéta Oyono.

— La nuit, il y a plus tant de monde que ça et ça deviendra extrêmement dangereux.

— De combien de temps vous avez besoin exactement ? demanda Olivia, qui avait bien plus les pieds sur terre que son mari par contumace.

— Difficile à dire. Il pourrait s'agir de quelques heures comme de quelques jours.

Oyono allait fondre en larmes.

— J'ai une petite idée qui nous permettra de gagner un peu de temps, annonça Olivia. Pas certaine que ça nous donne des jours, mais j'imagine que quelques heures c'est déjà bon à prendre ?

— Tu imagines bien, fit Steven, avec un sourire énigmatique sur les lèvres. Un sourire qui fit penser à Olivia qu'il devait avoir deviné ce à quoi elle pensait.

Il allait bientôt être six heures du matin lorsque Steven déposa les deux jeunes gens à LaSalle, à l'intersection des rues Normandy et Ellis. C'était à quelques encablures du bâtiment qui abrite le service de police de cette municipalité.

16. Les âmes meurtrières

Steven était dans un état de tension permanente. Son entraînement extrêmement rigoureux avait fait de lui une espèce de machine, au fait de son environnement même lorsqu'il n'en avait pas conscience. Ainsi, au moment où il arriva à proximité de l'appartement dans lequel il avait établi ses quartiers, quelque chose dans son cerveau nota la présence d'une Hyundai Sonata noire une centaine de mètres plus loin dans la rue. Un individu, dont il fut incapable de distinguer le visage, était assis au volant. Une personne au volant d'une voiture stationnée aux premières heures du jour en plein quartier résidentiel. Ça pouvait être le fait du hasard, mais ce mot était banni depuis des lustres du vocabulaire de Steven. Il prit une douche, se fit un petit déjeuner léger, alluma au passage la télévision, mais aucune information supplémentaire n'avait été donnée sur les circonstances du meurtre d'une femme dans l'immeuble qui abritait les bureaux du journal *Le Témoin*, ce qui n'avait de toutes les manières aucune importance pour lui.

En sortant, il évita de reproduire son erreur de la nuit. Il prit son arme à feu, passa par le service au volant d'un Tim Hortons pour prendre un cappuccino à la vanille française. Lorsqu'il repartait du Tim, il remarqua la même Hyundai Sonata. Elle était deux voitures derrière la sienne. Il a appris sa leçon, songea Steven, qui passa un appel.

— Bon Dieu, où est-ce que vous êtes passé depuis hier ? J'ai essayé de vous joindre mille fois.

Nathan Brooks semblait soulagé de l'entendre.

— Mille fois c'est un peu exagéré non ? Il cherchait à le provoquer. Vous savez bien que j'étais trop occupé à contrecarrer les plans de vos hommes.

— C'était donc vous ?

— Est-ce que ce n'était pas évident ?

— Personne n'a vu celui qui a fait le coup, tout le monde vous soupçonnait. Je leur ai dit que c'était impossible. Pourquoi est-ce que vous vous opposeriez à une opération ?

— Parce qu'il ne s'agit pas d'une opération en bonne et due forme, Brooks. J'ai été envoyé ici dans un but précis, celui de déterminer ce que sait ce jeune homme, et tout cela alors qu'on se doutait qu'il y avait de très fortes chances qu'il ne sache absolument rien. Vous vous demandiez si c'était moi qui avais fait le coup ? Vous êtes sérieux ? Vous pensez que c'est ce jeune homme qui est terrorisé depuis des jours qui l'a fait ou peut-être pensez-vous qu'il s'agit de sa femme ?

Nathan Brooks ne broncha pas.

— C'est lamentable Brooks, vous avez perdu le contrôle. Vous foutez n'importe quoi et maintenant j'ai cet enculé de Richard qui me colle au train dès qu'il le peut, je vous informe que c'est d'ailleurs le cas en ce moment. Si au moins il savait être discret.

— Je ne lui ai pas demandé de vous suivre.

— Vous ne jouez pas franc jeu depuis le début. Vos hommes et vous ne cessez d'interférer dans ma mission. Est-ce que je vous surprends si je vous dis qu'à cause de cela je ne crois plus un traître mot de ce que vous racontez ?

Même au téléphone il était possible de se rendre compte qu'il y avait de l'amusement dans la voix de Steven.

— Qu'est-ce que vous voulez, Norton ?

— Que vous les laissiez tranquilles. Ils ne savent rien. Je m'en suis assuré.

— C'est impossible, les choses sont allées trop loin désormais. Il faut que nous fassions le ménage. Vous connaissez les enjeux.

— J'aime pas cette façon de parler. Oui, je connais parfaitement les enjeux. Mieux que quiconque, j'ai envie de dire. Vous parlez comme si vous étiez ici sur le terrain alors que vous envoyez toujours des crétins comme moi mettre leur vie en danger en sachant que nos succès ou nos tragédies vous assurent de meilleurs postes. Je veux bien le faire quand il s'agit de l'intérêt réel du pays, mais pas pour vos beaux yeux. Je vous ai demandé de les laisser tranquilles.

- Est-ce que c'est une menace ?

— Prenez ça comme vous voulez, j'en m'en fiche royalement. Sachez au passage que si je décidais de vous menacer, ce ne serait pas de manière détournée ou implicite. Autre élément que je verse au dossier pour votre gouverne : – qu'est-ce qui lui prenait de parler ainsi ? – je savais que vous me serviriez ce genre de salade. Je les ai donc quelque peu affranchis en leur fournissant de menus détails sur notre programme ainsi que quelques preuves, si vous voyez ce que je veux dire.

— Vous n'avez pas fait ça ! hurla l'autre au bout du fil.

— Je ne me suis pas fait prier, fanfaronna Steven. Rassurez-vous, ce n'est pas à cause de ce qu'ils savent que le château s'écroulera, du moins pas directement. Ce qui est certain, par contre, c'est qu'ils ont désormais suffisamment d'éléments pour semer le doute dans l'esprit du grand public.

— Vous savez ce qui est en jeu, pleurnicha l'interlocuteur de l'Ivoirien d'origine.

C'était du bluff, mais rien ne prouvait qu'il ne disait pas la vérité. Steven Norton n'était pas une tête brûlée. Il était du genre à suivre les règles, à respecter les ordres, et Nathan Brooks savait parfaitement qu'il aurait préféré mourir plutôt que de divulguer des informations sensibles. Le problème dans cette histoire était que cet homme était connu dans le service pour sa propension à une certaine forme de rigorisme. Il lui était impossible de désobéir à des ordres, à condition qu'il les considèrent comme justes et justifiés. Steven savait qu'il avait cette réputation, d'où le bluff. Il avait certes fait quelques révélations, mais il n'avait accompagné celles-ci d'aucune preuve. Les deux jeunes gens pouvaient bien aller raconter leur salade à qui voulait l'entendre, mais encore fallait-il qu'ils prouvent sa véracité.

— C'est la deuxième fois que vous me dites cela, et pour la deuxième fois je vous réponds que je sais parfaitement ce qui est en jeu, Brooks. Je me demande par contre si c'est toujours le cas en ce qui vous concerne. Cette histoire a été mise sur pied pour prendre en charge les pires des pires. D'où vient-il qu'on en soit à traquer des citoyens innocents, en plus dans un pays ami ? Si ça devait se savoir, est-ce que vous imaginez ce qui se passerait ?

— Qu'est-ce que vous voulez ?

— Je vous ai déjà répondu, Brooks. Je ne vous savais pas dur d'oreille.

— Quelle garantie est-ce qu'on a qu'ils ne parleront pas ? Et quelle garantie est-ce que vous avez que nous les laisserons tranquilles ?

Steven roulait maintenant en direction est vers Lakeshore, une municipalité adjacente à Windsor qui était peu peuplée.

— Ah, c'est plutôt simple, ça ! La jeune femme est en ce moment même en train de rédiger un article avec tous les éléments que je lui ai transmis. Elle fait la pige pour un journal de rien du tout, un journal auquel personne n'aurait prêté attention il y a deux jours seulement. Mais hier, une employée a été tuée. Imaginez qu'elle publie un article en disant que cette mort est en rapport avec un programme américain secret. Vous imaginez la déflagration, Brooks ? demanda-t-il en rigolant. Je suis certain que vous imaginez parfaitement. Votre tête sera parmi les premières à tomber. Ça c'est pour les raisons qui doivent vous pousser à leur ficher la paix une fois pour toutes. Pour le reste, je peux vous garantir qu'il s'agit de deux jeunes qui ne demandent qu'une chose, retourner à une vie ennuyeuse. Si on vous offrait cela, faudrait être fou pour aller crier des insanités sur tous les toits, sachant pertinemment le genre d'emmerdes que ça peut vous valoir, et sachant qu'ils n'ont connu que des emmerdes ces derniers jours.

— Dans ce cas vous avez gagné. Je rappelle l'unité. Si jamais cette histoire éclate malgré tout, soyez assuré que votre barque sera au moins autant chargée que la mienne.

— Vous pouvez compter sur moi, boss, lança-t-il de manière sarcastique. Mais je vous en prie Brooks, n'essayez pas de me prendre en traître. C'est le genre de chose qui me motive énormément. Il y avait une menace froide et directe dans ces propos. Et pour ce taré qui me suit en se croyant particulièrement discret ?

— Vous allez devoir vous débrouiller pour ça. Il ne répond plus. Je crains qu'il ne fasse une bêtise.

— Il en a sûrement déjà fait une, coupa Steven. Voilà ce qu'on récolte à laisser n'importe qui faire n'importe quoi.

Steven raccrocha.

Nathan Brooks était inquiet. Fallait-il réellement rappeler l'unité qu'il avait envoyée sur le terrain ?

— Je sais à quoi vous pensez, mais ce n'est pas une bonne idée.

Le sexagénaire au sourire charmeur et énigmatique, qui ressemblait d'assez près à celui d'un ancien président américain que sa braguette avait failli perdre, avait toujours la bonne idée d'être présent dans le bureau de Nathan Brooks durant des moments décisifs.

— Qu'est-ce que vous croyez que je pense ?

— Vous avez le cœur qui balance. Vous vous dites que les choses seraient plus simples si le nettoyage était fait, ainsi vous partiriez le cœur tranquille.

— Et ?

— Et bien, je connais assez bien Norton. J'ai travaillé avec lui. Je ne vous dirai ni où ni comment notre collaboration s'est faite, mais je ne pense pas que ce soit une bonne idée d'essayer d'agir une deuxième fois. C'est un homme de parole qui a mis K.-O., et sans difficulté encore, deux de vos hommes, des machines de guerre surentraînées.

— Vous ne vous figurez pas que je vais passer le reste de ma vie avec une épée de Damoclès au-dessus de la tête, ne sachant pas quand ou si ces jeunes décideront de parler.

— Vous allez devoir le faire pendant quelques années seulement. Ce n'est pas un prix trop important à payer pour le type de travail que nous faisons. D'ici cinq ou dix ans, lorsque de l'eau aura suffisamment coulé sous les ponts et que le dossier sera passé entre de nombreuses autres mains, il deviendra impossible de remonter jusqu'à vous. Et qui sait, avec un peu de chance, il se peut que ce pays évolue et qu'en découvrant le pot aux roses, les Américains comprennent tout à fait que la sécurité a un prix.

— C'est vous qui me dites ça ? Vous qui m'avez servi il y a peu de temps tout un discours sur les opportunités qu'il faut savoir saisir.

— Et c'est également le cas ici, quoique... il fit une pause. Quand je vous ai donné mon avis, je ne pensais pas que Norton prendrait fait et cause dans cette histoire. S'il ne s'agissait que de cet abruti de fonctionnaire, les choses seraient autrement et beaucoup plus faciles à gérer. Mais puisque Norton est entré dans la danse, je vous conseille de laisser faire. Je vous garantis que c'est un homme de parole. S'il s'est engagé et que vous lui emboîtez le pas, il n'est pas impossible que cela vous donne d'autres opportunités pour la suite.

— Ah non, fit vivement Nathan. Je ne veux plus rien savoir de tout ça, moi. Je veux transmettre le dossier à quelqu'un d'autre et passer plus de temps avec mon fils. Mais il y a cet agent. Je ne sais pas de quoi il est capable.

— Qu'est-ce que Norton vous a dit à son sujet ?

— Qu'il était en train de le filer au moment même où nous nous parlions.

— Ah si c'est ça, déclara avec enthousiasme le sexagénaire, vous n'avez pas à vous faire de soucis. Norton va s'en occuper.

Et c'était effectivement le cas. Norton était en chasse. « Ce type doit être parfaitement stupide », pensa-t-il en empruntant la route 42. Il était désormais près de Saint Joachim, un petit village historiquement francophone, situé à une trentaine de kilomètres à l'est de Windsor. « Est-ce que ça lui semble logique que je m'éloigne autant de la ville si tôt le matin alors que l'essentiel de ma mission est censé concerner Windsor ? »

Les voitures se raréfiaient. Les deux hommes étaient sur une portion de route en forme de long trait. Richard était à plus ou moins trois cents mètres derrière Steven lorsque ce dernier vira brusquement à droite, en direction sud, au détour de la route 31 – la French Line – et disparut. Richard accéléra et tourna tout aussi brusquement au détour de la route qu'avait emprunté Steven une dizaine de secondes plus tôt. Quelques champs, des résidences aussi, mais aucune voiture à l'horizon. Richard ralentit considérablement l'allure de son véhicule, tournant la tête de-ci de-là. Il s'imaginait peut-être qu'il verrait, comme dans les films, le véhicule de Steven stationné quelque part en contrebas dans une zone dégagée, ce dernier sorti de voiture et en train de se livrer à une activité illégale avec des complices.

Tout à coup, la voiture qu'il suivait depuis plusieurs minutes apparut derrière lui, surgissant, lui semblait-il, de nulle part. En réalité, Steven avait simplement fait le tour d'une résidence et avait attendu quelques instants, le temps de se mettre en position de pouvoir prendre Richard à revers. À partir de ce moment, les choses s'enchaînèrent à la vitesse de l'éclair, et en dépit de la longueur de ce qui suit, ne durèrent tout au plus que quelques dizaines de secondes. Parce que, pris de panique, Richard accéléra. Il se faisait désormais courser par l'homme qu'il coursait quelques instants plus tôt. Il fonça pleins gaz en direction sud. Il ne devait pas trop savoir où il allait, mais c'était la seule issue qui s'offrait à lui. La voiture de Steven rugissait, talonnant celle de Richard, dont le moteur était poussé à fond pour tenter de se sortir de cette situation périlleuse. La région étant rurale, la route était dégagée. Cette course enragée dura pendant un peu plus de trois kilomètres, jusqu'au moment où ils arrivèrent à la hauteur de l'autoroute 401. Dans un geste aussi spectaculaire que soudain qui l'étonna lui-même, Richard donna un coup de volant que lui aurait envié un pilote de Formule 1. La manœuvre violenta le véhicule, comme en témoigna le déchirant crissement de pneus, qui obligea la voiture à tourner à droite en direction ouest vers Windsor.

Parce qu'il talonnait littéralement Richard, et parce qu'il était impossible d'anticiper le geste auquel se dernier s'était livré, Steven dépassa l'embranchement, parvint à arrêter son véhicule plusieurs dizaines de mètres plus loin et revint en marche arrière avant de s'engager à son tour en direction de l'autoroute 401 ouest. Il allait moins rapidement que Richard qui, roulant à tombeau ouvert, devait peut-être se croire dans une voiture de police au-dessus de laquelle trônait un gyrophare. Malheureusement pour lui, au moment d'entrer sur l'autoroute, il ne vit pas un énorme camion qui arrivait lancé à plus de 80 kilomètres à l'heure. C'était le genre de mastodontes qui pullulent sur cette route et qui assurent quotidiennement le transport de millions de dollars de biens entre le Canada et les États-Unis. 80 kilomètres à l'heure ce n'est en soi pas très impressionnant. Ça le devient par contre si c'est d'un mastodonte qu'il s'agit. La manœuvre de Richard avait été si rapide que le chauffeur du camion ne l'avait pas vu venir, perché qu'il était dans son habitacle surélevé comme le sont ceux de tous les camions. Seul un bruit infernal semblable à celui d'un coup de canon, immédiatement suivi par celui d'un assourdissant bruit de tôle froissée, indiqua au chauffeur du poids lourd qu'il venait de se passer quelque chose. Bien qu'il ne se fût pas encore engagé sur l'autoroute au moment où le drame se produisit, Steven observa tout de même tout cela depuis la bretelle. Il secoua sa tête de dépit.

Moins d'une heure plus tard, la journaliste qui était parvenue la veille à piéger le porte-parole de la police était en direct des lieux pour la télévision locale. Un policier, dont elle ne donnait pas le nom, venait de perdre la vie dans un accident d'auto. Son véhicule avait été violemment percuté par un poids lourd qui transportait des véhicules en direction des États-Unis. Elle disait que ça avait été spectaculaire et racontait ça comme si elle avait été témoin de l'accident. Pleine de ressources, elle était parvenue à interviewer le chauffeur du poids lourd, qui assurait n'avoir pas vu arriver la voiture et n'avait su ce qui s'était passé qu'une fois qu'il s'était arrêté. La journaliste tenta de montrer pour la caméra la trajectoire qui avait probablement été celle de la voiture, mais elle fut considérablement gênée dans son travail par le cordon de sécurité que la police avait mis en place. Elle affirma néanmoins que des informations venaient de lui parvenir qui indiquaient que ce qui s'était produit avait peut-être un lien avec ce qu'elle appelait sans retenue « le meurtre de la journaliste du journal *Le Témoin* ».

— C'est vous qui lui avez filé cette info, interrogea Olivia une fois que Steven les eut retrouvés.

— Peut-être que oui peut-être que non, fit-il, énigmatique.

— Mais ça va compliquer les choses, non ?

— Pas nécessairement. Il faut que vous sachiez que votre amie connaissait cet homme.

— Quoi ? Oyono se demandait ce qu'on allait encore bien pouvoir inventer.

— Oui, c'est un peu un concours de circonstances qui joue en notre faveur, même si ce qui s'est passé est terrible. Il la connaissait, mais ça date de quelques années, une relation qui a été brève et qui avait été oubliée. Mais comme il était plein de zèle, il s'est introduit au journal pour fouiller. Je crois qu'il espérait trouver quelque chose qu'il pourrait utiliser contre vous.

— Malheureusement, Morna l'a trouvé sur place, devina Olivia.

— Malheureusement, oui !

— Mais comment vous savez ça, vous ? interrogea Priso, qui était abonné aux soupçons et qui ne digérait pas que son interlocuteur se soit fait passer pour un avocat. Qui sait ce qui se serait passé si lui, Priso, n'avait pas aperçu l'autre homme ? Vous n'étiez pas son complice par hasard ? ajouta-t-il. Et puis, je vous soupçonne d'être pour quelque chose dans cette histoire d'accident, continua Priso.

— À supposer que j'y sois réellement pour quelque chose, est-ce que vous êtes sûrs que vous voulez le savoir ? Par ailleurs, je peux vous assurer que vous ne seriez plus en vie en ce moment si j'avais été son complice, ou même si je n'étais pas intervenu.

Priso fut tout à coup parcouru par une irrépressible crise de frissons.

— Comme je le disais, Morna doit l'avoir trouvé sur place. C'est la seule explication qui me semble logique. Elle l'a reconnu, il a paniqué et l'a tuée. En faisant son enquête, la police tombera sur cette info et mettra la mort de votre amie sur le compte d'une affaire de jalousie, puisque rien d'autre ne pourra expliquer cette situation.

Olivia était affligée. Elle aimait profondément cette femme. Chose que ne sembla pas noter Priso, qui avait envie de tenter le diable alors même qu'il venait d'être prévenu.

— Ça c'est si on ne leur dit rien d'autre, lança-t-il.

— Si vous avez envie de jouer avec la mort, faites-le. Vous avez eu beaucoup de chance que je me sois mêlé de cette histoire. Ça je peux vous le garantir. Entre ce fou qui voulait à tout prix la tête d'Oyono pour se prouver je ne sais trop quoi et mes chefs qui n'auraient pas été mécontents si vous aviez disparu, vous seriez stupides de vouloir vous faire remarquer. C'est d'ailleurs parce que je leur ai promis que vous sauriez tenir vos langues qu'ils vont vous foutre la paix.

Ils étaient à proximité du poste de police de LaSalle. Priso était venu sortir de cellule son ami et la conjointe par contumace de ce dernier. Il n'avait pas manqué l'occasion de s'amuser de l'ingénieuse idée qu'avait trouvée Olivia pour les mettre à l'abri le temps que Steven fasse ce qu'il y avait à faire. Qu'est-ce qui mieux qu'une violente dispute, et conjugale, en plus – autrement dit un esclandre – provoquée dans le hall d'entrée d'un poste de police, pouvait vous garantir de vous y faire mettre aux arrêts ? Steven apprécia l'idée. Pouvait-il en être autrement ? Il avait, lui aussi, après tout, agi de manière très peu pacifique dans le hall d'entrée d'un poste de police.

— Qui va nous compenser pour tout ce que nous avons subi ces derniers jours, toute la peur, les risques, les ennuis ? interrogea Olivia, qui était sincèrement contrariée.

— Personne, malheureusement ! fit Steven. C'est sûr que ce n'est pas très juste, mais il y a beaucoup de choses injustes en ce bas monde. Je connais plein d'innocents qui se sont retrouvés dans de terribles situations sans avoir jamais rien demandé et qui n'ont pas eu la chance de s'en sortir à si bon compte. Et puis, rajouta-t-il en regardant Olivia droit dans les yeux et en souriant, est-ce que ce n'est pas vous qui devriez nous remercier dans cette histoire ? Il n'y a même pas deux semaines, vous ne saviez pas que vous seriez aujourd'hui mariée et heureuse en amour.

Priso éclata d'un rire sonore. Oyono aurait rougit si son épiderme le lui en avait donné l'autorisation. Quant à Olivia, elle se retourna vivement pour éviter que l'on ne voie le type d'émotion qui allait se dessiner sur son visage. Elle partit ensuite en direction de la voiture d'Oyono, qu'elle conduisait décidément avec beaucoup de naturel. Il fallait en effet s'occuper de cette histoire de mariage par contumace, mais le souhaitait-elle encore ? La question pouvait se poser, mais il fallait au préalable s'attaquer à cette affaire d'addiction au porno qui avait failli coûter la vie à son mari par contumace, et, par ricochet, à elle aussi.

Table des matières

RECYCLÉ
Papier
FSC® C100212

Achevé d'imprimer
en septembre 2024 sur les presses
de l'Imprimerie Gauvin, à Gatineau (Québec).

sans explosions cette ville n'existerait pas

Robert Dickson